KB078396

천예무황

원생 新무협 판타지 소설

FANTASTIC ORIENTAL HEROES

천예무황 6

원생 新무협 판타지 소설

초판 1쇄 찍은 날 § 2015년 8월 5일
초판 1쇄 펴낸 날 § 2015년 8월 12일

지은이 § 원생
펴낸이 § 서경석

편집책임 § 박가연

펴낸곳 § 도서출판 청어람
등록번호 § 제387-1999-000006호
등록일자 § 1999. 5. 31
어람번호 § 제2-2553호

주소 § 경기도 부천시 원미구 부일로 483번길 40 서경B/D 3F (우) 420-822
전화 § 032-656-4452 팩스 § 032-656-4453
http://www.chungeoram.com
E-mail § chungeorambook@daum.net

ISBN 979-11-316-9299-8 04810
ISBN 979-11-316-9011-6 (세트)

天藝武皇

천예무황

원생 新무협 판타지 소설

FANTASTIC ORIENTAL HEROES

6

도서출판 청어람

天蕴武皇

제1장	탈인(脫人)	7
제2장	당신은 누구십니까?	29
제3장	흑도련	55
제4장	파령(破靈)	81
제5장	망(亡), 그리고…	107
제6장	요화(妖花)	133
제7장	진무인(眞武人)	159
제8장	득의(得意)	187
제9장	사랑해요	219
제10장	의혹(疑惑)	253
제11장	마신(魔神)	279

제1장
탈인(脫人)

양효명은 처음 검을 잡았을 때를 생각했다.

시퍼런 날이 서 있던 검이 손에 쥐어지던 순간, 꽉 쥔 손만큼 강한 의지가 마음속에 가득 차 있었다.

영웅.

제마멸사(制魔滅邪)의 기치 아래 천하 만생을 위해 검을 휘두르는 참된 영웅.

아비가, 사부가 들려주던 수많은 영웅의 모습을 떠올리며 자신 또한 그러한 영웅의 길을 걷겠다고 다짐했었다.

비록 자질의 한계로 원하는 모습을 성취할 순 없었고, 결국 백리세가의 일개 구성원으로 남게 되었지만, 지난 자신의 삶이 부끄럽거나 헛되다고 느낀 적은 단 한 번도 없었다.

적어도 지금까지는 말이다.

'불편하구나.'

무한에 들어서면서 불편한 시선들이 느껴졌다.

백리세가를 바라보는 대중의 시선이 얼마나 차가운지 뼈
저리게 느꼈다.

'그럴 만도 하지.

요당의 난으로 천하가 어지러울 때 백리세가는 세가 밖을
나서지 않았다.

물론 무림맹에 세가 정예를 파견하긴 했었다.

하지만 그것은 차후 무림맹 내에서 세가의 입지를 돈독하
게 다지고자 하는 다분히 정치적인 의도가 깔려 있던 조치였
다.

세상이 어지러울 때 실질적으로 무림에 도움이 될 만한 행
동은 하지 않았던 세가였다.

그랬던 자신들이 백리성의 문제를 빌미로 아직 채 정돈되
지 못한 무림에 또 다른 풍파를 일으키려 하니 어찌 세가를
바라보는 세상의 인심이 고울 수가 있으랴.

'하아.'

나직이 한숨이 흘러나왔다.

내쉬는 한숨 끝에 그리운 얼굴이 하나 맺혔다.

'어르신.'

백리성의 얼굴이 보였다.

넓은 가슴에 밝은 얼굴, 거기에 누구보다 세가를 사랑하는 마음까지.

그가 무림맹에서 살해되었다는 얘기를 전해 들었을 때, 하늘이 무너진다는 것이 어떤 것인지를 확실히 알 수 있었다.

백리성은 그저 평범한 자신의 상관이 아니었다.

처음 세가에 들어왔을 때, 타성(他姓)의 무사들이 겪게 되는 은근한 차별과 괄시를 호탕한 웃음 한 번으로 깨끗하게 씻어준 은인이었다.

그의 아랫자리에 들어간 이래 거의 모든 시간을 그와 함께했었다.

백리성이 있는 곳엔 언제나 자신이 있었고, 그가 가는 어디든 따라나섰다.

단 한 번, 백리성이 무림맹에 들어갈 때 함께하지 못했었는데 그만 그 사달이 나고 말았다.

얼마나 슬펐고, 얼마를 자책했었던가.

'하아.'

한숨이 이어졌다.

그의 복수엔 이견이 없었다.

누구의 명이 없었다고 해도, 아마 양효명 스스로가 평생 흉수를 찾았을 것이다.

그러나 이런 식은 아니었다.

그의 죽음이, 있어서는 안 되었을 그 안타까운 비극이, 천하의 냉소 속에 이렇게 희석되어서는 안 될 일이었다.

양효명이 뒤를 돌아보았다.

우측 뒤로 잡티 하나 없는 백마 위에 앉아 있는 백리현이 보였다.

'왜인가?'

이해할 수 없는 결정을 내리게 한 장본인.

저 젊은 세가의 장손은 천하의 누구보다 총명하고 지혜로운 사람이었다.

대해(大海)를 덮고도 남을 재주와 역량을 가진 그가 어찌 이런 그릇된 판단을 내릴 수가 있었을까?

세가 어른의 비참한 죽음이 억울해서?

도저히 참지 못할 만큼 분노해서?

그랬다면 지금이 아니라 그때 나서야 했었다.

이미 꽤 시간이 지난 후에, 더구나 어지러웠던 천하가 이제 겨우 안정이 되어가고 있는데, 왜 굳이 지금 나서야 했을까?

그는 정녕 천하의 인심을 파악하지 못했을까?

'절대 아니지.'

양효명이 아는 백리현은 결코 그런 이가 아니었다.

누구보다 냉철하고 정확한 판단력을 가진 이가 바로 세가 장손 백리현이었다.

'대체 왜인가?'

아무리 생각해도 풀리지 않는 의문이었다.

*   *   *

무한에 들어선 백리세가의 무사들은 미리 잡아둔 숙소로 곧장 들어섰다.

세가 어른의 잘못된 죽음에 대해 진상을 밝히고, 그에 관련된 자들을 엄히 다스리겠다는 그들의 대의명분은 이미 설득력을 잃었다.

의지를 가진 이는 몇몇뿐, 대부분의 세가 무사는 대놓고 드러내지는 않았지만 세가의 판단에 의문이 강한 상태였다.

그래서인지 숙소로 들어서는 세가 무사들의 표정은 대부분 굳어 있었다.

수(數)가 삼백에 이르렀지만 그 기세는 무디고 또 무뎠다.

백리현 또한 예외는 아니었다.

"오라버니."

백리소군이 백리현에게 차를 건넸다.

용정(龍井)의 기품 있는 향기가 찻잔보다 먼저 건너왔다.

"놔두거라."

백리현이 가볍게 고개를 저으며 차를 거부했다.

중원인이 으레 그렇듯 백리현 또한 차를 즐겼다.

용정은 그런 그가 특히나 좋아하는 차였다.

하지만 이날만큼은 아니었다.

"먼 길 오느라 목이 마르실 텐데……."

"생각이 없구나."

백리현은 짧게 말을 하고는 의자에 몸을 기댔다.

매우 피곤한 모습이었다.

훤하던 얼굴에 그늘이 가득했다.

탁.

백리소군이 더는 차를 권하지 않고 찻잔을 탁자 위에 놓았다.

차에 손이 가지 않는 것은 백리소군 또한 마찬가지였다.

백리소군이 낮게 한숨을 내쉬고 백리현처럼 의자에 몸을 뉘었다.

왜 이렇게 되었을까?

백리소군은 마주 앉은 백리현의 얼굴을 보며 혼자 생각에 잠겼다.

천하를 다 품을 정도의 포부를 지녔었다.

하루하루를 더 커져 가는 희망에 가슴이 부풀어 올랐었다.

'그럼 뭐해.'

이제 모두 옛이야기가 되고 만 것을.

"승산 없는 싸움이다."

백리현이 혼잣말처럼 입을 열었다.

한 팔로 두 눈을 가린 채 지친 듯 처진 음성으로 넋두리를 했다.

"인심을 잃은 싸움이야."

백리소군은 가만히 듣기만 했다.

"아무리 계산을 해봐도 뾰족한 답이 보이지 않는구나. 미세한 틈이라도 보인다면 그것을 빌미로 판세를 휘둘러 보겠다마는."

백리현이 한숨을 쉬고는 고개를 가로지었다.

"신검 운경. 그자의 벽이 너무도 높다."

"또 다른 신검의 벽이겠지요."

듣고 있던 백리소군의 입술이 살짝 벌어졌다.

싸늘한 음성이었다.

"소군아!"

백리현이 급히 허리를 세웠다.

피곤에 찌든 얼굴에 두려움이 서렸다.

잘못 놀린 입에 목이 달아날 수도 있다.

"말을 조심하거라."

작지만 강한 어조로 백리현이 백리소군을 탓했다.

백리현의 눈빛이 잘게 흔들렸다.

"오라버니……."

백리소군이 안타까운 눈빛으로 불안해하는 백리현을 바라보았다.

마주 앉은 건너편에 자신이 사랑하는 오라비가 있었다.

하지만 지금 마주한 저 사람은 자신이 알던 그 사람이 아니었다.

어느 날 사람이 바뀌었다.

모든 것은 다 그대로인데, 넘치던 자신감과 총기를 잃었다.

불안해했고, 두려워했다.

하후영.

오백 년을 살아온 괴물.

모두가 그자를 만나고 난 뒤부터였다.

―난, 난 두렵구나.

온몸을 떨며 무서워하던 그날 오라비의 모습이 생각났다.

오래된 거목처럼 굳고 단단하던 사람이 흔들리는 갈대보다 여리게 변했다.

평생을 함께 자라면서 처음 보는 모습이었다.

모든 것을 잃은 얼굴.

세상의 모든 절망을 다 가진 표정.

―난, 보지 말아야 할 것을 보았고, 알아서는 안 될 일을 알아버렸다.

넋이 나간 얼굴로 중얼거리던 오라비.

떨리는 목소리에 휘청거리는 몸이 정녕 자신이 알던 그 오라비가 맞나 싶었다.

그러나 얼마 지나지 않아 오라비의 심정을 알게 되었다.

그를 만나고 난 후, 오라비가 이해되었다.

무서움, 떨림, 두려움…….

일 점의 빛도 없는 아득한 칠흑의 어둠이 그자의 눈동자 안에 있었다.

따로 행동하지 않아도 충분이 전해지는 절대적인 공포.

백리소군은 그자의 발 앞에 무릎을 꿇고 비 맞은 새처럼 몸을 떨어야 했다.

그렇게 백리쌍화는 그의 종이 되었다.

죽음을 넘어서는 극한의 공포 앞에서 두 남매는 여리디여린 어린 짐승일 뿐이었다.

'오라버니…….'

백리현이 차를 치우고 술을 들였다.

잔을 채우기가 무섭게 술잔을 들이켰다.

목을 자극하는 뜨거운 기운이 독한 술임을 강변했지만, 술은 물처럼 연신 목구멍을 타고 넘어갔다.

취하지 않았다.

꽉 막힌 마음은 취기마저 접근을 허락하지 않았다.

마시고 또 마셔도 또렷한 정신은 사라지지 않았다.

'오라버니…….'

바라보는 백리소군의 눈빛에 안타까움만 가득했다.

*　　　*　　　*

"오백 년을 살았다……. 참 믿기지 않는 얘기야."

고견이 고개를 절레절레 저었다.

"사람이 신선이 아닌 이상에야……."

아무리 생각해도 믿기지 않는 말이었다.

사람이 오백 년을 살고, 또한 어떤 것으로도 죽이지 못한다
니.

그 말을 한 사람이 설운이 아니고, 그가 설운을 진정으로
신뢰하지 않았다면 가벼운 코웃음으로 넘겨 버릴 말이었다.

하후영.

무림에 몸담은 누구라도 그 이름은 안다.

수천 년 무림 역사에서 그보다 더 큰 위명을 가진 이가 몇
이나 될까?

그는 전설이요, 신화였다.

신검.

손에 검을 쥔 자라면 누구나 그와 같이 되기를 꿈꾸는 영원
한 동경의 대상이 바로 그였다.

고금제일검.

지금도 변하지 않는 그에 대한 평가였다.

하지만 이제는 오백 년 묵은 노괴물이 되었다.

누가 그를 상대할 수 있을까?

"허허, 참."

홀로 고개를 젓던 고견이 설운을 바라보았다.

있는 듯 없는 듯 고요히 자기 자리를 지키고 앉아 있는 설운의 모습이 보였다.

'가능할까?'

의문이 앞섰다.

물론 설운의 능력은 인정했다.

지금도 마찬가지.

잡힐 듯 잡히지 않는 아지랑이처럼 설운의 모습이 현실감이 없게 느껴졌다.

곁에 있는데, 눈에 보이는데 기척이 느껴지지 않았다.

'저 아이의 경지는 대체 어디까지 올랐을까?'

자신의 역량으로는 도저히 짐작조차 할 수 없었다.

대견했다.

그래서 한편으론 부러웠다.

평생을 바랐으나 도달하지 못했던 그 아득한 경지에 저 젊은 청년은 도달해 있다.

같은 무인으로서 어찌 부럽지 않을 수 있을까?

"끄응."

괜히 앓는 소리만 났다.

사부와 제자가 쌍으로 자신을 괴롭히는 듯했다.

"자네 생각은 어떤가?"

고견이 잡생각을 털어내고는 제갈문의 의사를 물었다.

회동의 시작은 앞으로의 대책을 논하는 자리였다.

그러나 화제는 자연스레 하후영으로 흘러갔다.

백리세가가 하는 짓이 괘씸하면서도 신경이 쓰였지만, 딱 그 정도였다.

손톱 밑의 가시처럼 불편할 뿐, 귀찮긴 해도 두렵진 않았다.

물론 사태를 해결하려면 적지 않은 사람과 시간, 노력이 들겠지만 어쨌든 해결될 일이었다.

관심은 결국 하후영이었다.

"어렵겠죠."

간단한 답이었다.

"이미 오백 전 년에 최고의 경지에 올랐던 절대고수입니다. 거기에 세월까지 더해졌으니……. 글쎄요. 과연 그자가 우리처럼 피와 살로 이루어진 사람이라 할 수 있겠습니까?"

"허허, 그도 그렇지."

"사람이 아닙니다."

"사람이 아니라……."

"신선, 아니, 악선(惡仙)이라 해야 말이 되겠지요."

제갈문이 나직이 말을 내뱉었다.

"악선이라, 그것참 어울리는 말이로세."

악선.

저주받은 괴물에 딱 맞는 말이었다.

"그러고 보니 제갈무후(諸葛武侯:제갈공명)께서 남기신 말씀 중에 이와 비슷한 말씀이 있군요."

"어떤 말씀인가?"

"혹시 소요상운경(逍遙上雲境)이라고 들어보셨습니까?"

"소요상운경? 처음 들어보는 얘기네만."

"그러시군요. 하긴 이 얘기는 저희 제갈세가에만 전해오는 얘기이니 들어보지 못하신 게 이상한 일은 아니겠지요."

"어떤 뜻인가?"

고견이 호기심 어린 눈빛으로 제갈문을 응시했다.

"예전 누군가가 제갈무후께 여쭈어보았답니다."

─천하에서 가장 강한 무장이 누구라고 생각하십니까?

"그 말을 들으신 제갈무후께서는 당대의 소문난 장수들 이름을 쭉 나열하시면서 각자의 일장일단을 말씀하셨답니다. 여포로부터 시작해서 익덕 장비까지. 그러곤 결론을 내리셨답니다."

"그게 누구라 하셨던가?"

"관운장을 꼽으셨답니다."

"관운장이라. 그럴 만도 하지."

고견이 고개를 끄덕였다.

"한데 그러시면서 한마디를 덧붙이셨답니다."

"무슨 말을?"

─관공의 무공이 천하에 적수가 없겠으나 그런 관공도 소
요상운의 경지엔 한참 못 미친다. 장수로서 관운공은 분명 훌
륭한 장수이나, 천하를 놓고 보자면 그렇지 못하다. 무림이라
하는 곳이 있다고 들었다. 그곳엔 관공의 경지를 한참 뛰어넘
는 자들이 하늘의 별만큼 무수히 많다 했으니, 특히 그중에
무경이 극에 달해 더 이상 오를 곳이 없는 자를 일컬어 소요
상운의 경지에 올랐다 한다고 했다…….

"누군가가 다시 물었지요. 소요상운이란 어떤 경지를 말하
는 것인지. 제갈무후께서는 다시 말을 남기셨습니다."

─사람의 무공이 극에 달해 더 이상 오를 곳이 없을 때, 그
는 사람이되 사람이 아닌 자가 되니, 이를 일컬어 탈인(脫人)
이라 한다…….

"탈인?"

─탈인에 이른 자가 더욱 정진하여 어느 날 마지막 남은 오

욕(五慾)과 칠정(七情)마저 사라지고, 마침내 지상의 속박에서 벗어나 사람이 갈 수 없는 지극히 높은 곳에 이르게 된다면, 이것이 곧 구름 위를 노니는 경지에 다다름이니, 이것이 내가 말하는 소요상운의 경지이다. 아쉬운 것은 내 탈인에 이른 자를 들은 바는 있으나 아직 소요상운의 경지에 오른 자를 보지는 못했음이니 다만 그것이 안타까울 뿐이다.

"그렇군. 그게 소요상운경이었군. 구름 위를 노니는 경지[소요상운경]라……. 흡사 신선을 말하는 것과 같구만."

"하나 신선을 일컫는 말은 아닐 것입니다. 제갈무후께서 신선을 모르지는 않았을 것이니 말입니다."

고견이 고개를 끄덕였다.

"그럴 테지. 구름 위를 노니는 경지라……."

신선처럼 인간을 벗어난 자.

하후영을 말하기에 어찌 보면 참 어울리는 말이었다.

하후영은 오백 년을 살아온 자였다.

죽이려야 죽일 수 없는 그 존재는 전설이 아닌 현실이 되어 천하를 위협하고 있었다.

그런 악선과도 같은 자에게 붙여주기엔 그 지고한 경지가 아까웠지만, 한편으론 맞는 말이기도 했다.

'소요상운경이라. 혹 조화경을 일컬음이던가?'

삼화경과 천화경을 지나 조화경에 이르면 진정한 신인의

반열에 오른다고 전해진다.

그렇다면 제갈무후가 말한 소요상운경이 무림에서 말하는 조화경과 뜻이 통할지도 모른다는 생각이 들었다.

하나 다 추측일 뿐이었다.

어찌 알 것인가?

알려면 누군가는 그곳에 도달해야 하는데 누가 그 경지에 올라서 진위 여부를 가려줄 것인가?

조화경은 고사하고 천화경에 이른 자도 전설처럼 한둘이 전해질 뿐이건만, 조화경이 실제로 존재하는 경지인지, 아니면 그저 말하기 좋아하는 호사가들의 덧없는 생각인지 누가 알 것인가?

무상(無常)한 의문이었다.

조화경이 소요상운경인지, 조화경은 조화경이고 소요상운경은 소요상운경인지는 어쩌면 영원히 풀리지 않을 하늘의 비밀일지도 모른다.

'그러나 어쩌면.'

고견의 시선이 설운에게로 옮겨갔다.

생각을 그리 가져서인지, 이날따라 왠지 모르게 설운이 크게 느껴졌다.

앉아 있는 집무실이 좁게 느껴졌고, 자리한 무림맹이 작아 보였다.

어쩌면 천하가 좁을지도 모를 일이었다.

보고 있는 고견의 얼굴에 뿌듯함이 감돌았다.

'가능하겠지?'

고견이 보는 설운은 그럴 만한 능력이 있었다.

아직 젊은 나이에 벌써 자신의 경지를 한참 뛰어넘었다.

앞으로 그가 얼마나 더 발전할 것인지 제대로 가늠조차 되지 않았다.

설운, 저 젊은 청년이라면 가능할 얘기였다.

"어쨌거나 우리는 사람을 넘어선 악선을 상대하고 있는 것이로군."

제갈문의 말대로라면 하후영은 천화경을 넘어 조화경에 이른 자다.

어찌 상대할 것인가?

답이 보이지 않는 물음이었다.

"답답하구면."

고견이 쓴웃음을 지었다.

그의 심중에 백리세가는 이미 사라지고 없었다.

설운이 나서지 않는다 해도 무림맹의 힘만으로 충분히 격퇴하고도 남음이 있었다.

그러나 천하에 드리운 진정한 먹구름은 아직 채 모이지도 않은 형국이었다.

"어찌할까나?"

고견이 이르는 상대가 누구인지 아는 제갈문이 함께 고소를 지을 뿐이었다.

"저기……."

그때 잠자코 듣고 있던 설운이 문득 입을 열었다.

"오욕칠정이 사라진다 하셨습니까? 제갈무후께서 말씀하신 소요상운경에 이르게 되면 오욕과 칠정이 사라진다구요?"

제갈문을 향한 질문이었다.

"그리 들었네."

설운이 혈령귀마였다는 사실을 듣고 난 후 이전처럼 편하게 느껴지지 않는 제갈문이었다.

이유야 어쨌든 설운이 자신의 혈육을 죽였다는 사실은 변하지 않으니.

그런 마음이 말투에 은연중에 배어 나왔다.

낮고, 짧았다.

그나마도 최대한 절제한 것이 그 정도였다.

설운은 그러한 마음을 아는지 모르는지 전혀 신경 쓰지 않는 눈치였다.

"오욕과 칠정이 사라진다……."

사부는 감정이 없었다.

메마른 황야보다 더 메말라 있던 것이 사부의 정서였다.

하나.

"아닙니다. 적어도 사부의 경지는 소요상운경은 아닙니다."

"어찌 그리 단언하는가?"

오백 년을 산 괴물이었다.

좋은 의미든 나쁜 의미든 그리 봐도 이상할 것이 없는데 설운의 생각은 다른 모양이었다.

"제가 듣기로 조화경이란 반인반선의 경지라 했습니다."

"그렇지. 그래서 내 생각엔 우리가 일컫는 조화경이 제갈무후께서 말씀하셨다는 소요상운경이라 보네만."

"다를 겁니다."

"확신하는 이유는?"

"소요상운경에 이르면 오욕과 칠정이 모두 사라진다 하셨지요?"

설운이 재차 제갈문에게 물었다.

"그리 전해지고 있네."

"그게 이유입니다."

"어째서?"

"사부는 감정이 없습니다. 인간이라면 마땅히 가져야 할 어떤 감정도 사부에겐 없지요. 그래서 무섭고 두렵습니다."

"그런데?"

"하지만 사부가 인간이 가지고 있어야 하는 그 모든 감정을 다 버린 것은 아닙니다. 적어도 하나는 남아 있지요."

"그게 무엇인가?"

"욕망입니다."

"욕망?"

"죽고 싶다는 욕망."

"무슨 소린가, 그게?"

"예, 이제야 알겠습니다. 왜 사부가 그토록 저를 혹독히 다루었는지. 왜 제가 감정을 잊고 피에 젖은 혈귀로 살아가야 했는지."

설운의 눈이 반짝 빛을 냈다.

"뜬금없이 무슨 소린가?"

고견이 의혹이 가득한 눈빛으로 설운을 보았다.

"죄송합니다. 잠시 가볼 곳이 생겼습니다."

설운은 대답을 하지 않았다.

대신 자리에서 일어나 인사를 했다.

"아니, 이보게."

"곧 돌아올 것입니다."

설운이 짧게 말을 남기고 모습을 감추었다.

지척에 있으면서도 알아채지 못할 극에 이른 신법이었다.

"이게 대체……."

덩그러니 빈 공간만 남겨두고 어디론가 떠나 버린 설운. 영문 모른 고견과 제갈문은 그가 앉아 있던 자리만 멍하니 바라볼 뿐이었다.

제2장
당신은 누구십니까?

무림맹을 나선 설운은 밤을 새워 어디론가 달려갔다.

아침에 뜬 해가 중천에 다다를 때쯤, 마침내 그가 도착한 곳은 천룡문이었다.

이미 마음속에 정해둔 목적지가 있었는지 천룡문 안을 들어선 그의 발걸음은 조금의 지체도 없이 내부 심처를 향했다.

"어인 일인가?"

다문륜이 약간 의아한 눈빛으로 설운을 맞이했다.

"허락 없이 이렇듯 뵙게 되어 송구스럽습니다."

설운이 깍듯하게 예를 갖춰 인사를 했다.

친한 사이라 하나 한 문파의 수장을 만날 때는 미리 의사를 물어 상대의 의중을 파악하는 것이 강호의 불문율이었다.

최소한 천룡문의 정문을 통해서라도 자신의 도착을 알려야 했었다.

다급했던 마음이 범했던 무례를 설운이 사과했다.

"뭐, 우리 사이에 지나친 예를 갖추는 것도 우습지. 자, 안으로 들게."

다문륜이 환한 웃음을 띠며 설운을 환대했다.

"그나저나 무슨 일이기에 이리도 급히 날 찾아왔나?"

설운에게 차를 권한 후 다문륜이 그의 방문 이유를 물었다.

천룡문의 비선들을 통해 강호의 소식을 듣고 있던 다문륜이었다.

무한 무림맹에 백리세가의 정예들이 들어와 있다는 것도 이미 들어 알고 있었다.

그의 생각에 지금 설운이 있어야 할 곳은 이곳 천룡문이 아니라 무림맹이었다.

"맹에서 오는 길인가?"

"그렇습니다."

"급한 일인 게로군."

돌아가는 사정을 아는 다문륜의 입장에서 설운이 이렇듯 자신을 찾아온 것이 그저 얼굴이나 보자고 온 것이 아님은 자명해 보였다.

다만 그 이유가 무엇인지 모를 뿐.

"몇 가지 여쭙고 싶은 말이 있어 왔습니다."

"말해보게."

"일전에 하신 말 중에 천룡문이 세워진 이유가 사부와 관련이 있었음을 기억하고 있습니다."

"그렇지."

천룡문을 세운 다문숙현이 사부 하후영의 부인이었다.

다른 친우들처럼 그의 부인 또한 그의 안식을 위해 천룡문을 세웠던 것이었다.

"전마 등조는 마각을, 귀섬 상관일은 귀전을, 홍요 예가음은 요당을 세웠지요."

"그런데?"

"모두의 목표 또한 같았구요."

사부의 죽음, 그것이었다.

"그랬지. 비록 뒤에 변하긴 했었어도 말이야."

"예. 마각과 귀전, 요당은 변했지요. 애초의 목표는 어디론가 사라지고 힘을 가진 자들의 추악한 욕망만이 남아버렸습니다. 비록 이제는 모두 다 사라져 버렸지만 말입니다."

"맞네. 자네 말처럼 추악한 욕망의 말로란 그런 것이겠지."

"다행히 천룡문은 그대로 남았구요."

"그래, 그렇군. 허허, 자네 말을 듣고 보니 참 다행스런 일이야. 이렇듯 변하지 않고 원래의 뜻을 지켜가고 있으니 말일세."

다문륜이 고개를 끄덕이며 설운의 말에 맞장구를 쳤다.

"그래서 드리는 말씀입니다만⋯⋯."

"말해보게."

"왜일까요?"

설운이 의문을 꺼내 들었다.

"응?"

"마각과 귀전과 요당은 변질했는데 어째서 천룡문은 이렇듯 처음의 신념을 유지할 수 있었을까요?"

"무슨 뜻으로 하는 말인가?"

듣고 있던 다문륜의 표정이 살짝 변했다.

거슬리는 말이었다.

칭찬이 아닌 어딘가 의혹을 품은 말투.

"신념의 깊이 차이가 아니겠는가?"

다문륜이 낮게, 그러나 단호히 말을 전했다.

설운의 말은 경우에 따라 상당히 무례하게 들릴 수도 있는 얘기였다.

그동안 보아왔던 설운을 생각하며 틀어지려는 심사를 되잡고는 있었으나, 웃음기 사라진 다문륜의 말은 그가 어떤 기분인지를 잘 나타내 주고 있었다.

중원인이 가장 소중하게 여기는 것은 명분과 명예였다.

그것도 개인도 아닌 가문의 명예를 건드리는 말, 아무리 직접적이지 않은 말이라 해도 듣는 입장에서 기분 좋을 리 없는 말이었다.

그러나 설운은 상대의 마음을 아는지 모르는지 자신이 하고픈 말을 계속했다.

"다문숙현께서 사부의 부인이셨다면, 등조와 상관일과 예가음은 사부의 친우들이셨죠. 깊이를 논하기는 어려우나 그분들의 우정이 부인의 애정에 결코 모자라지는 않았을 거라 짐작합니다."

우정을 위해 평생을 통해 일궈온 모든 것을, 더해서 후선들의 미래까지 내놓을 사람은 거의 없다 해도 과언이 아닐 것이다.

그 어려운 일을 등조와 상관일, 예가음은 했다.

우정과 애정을 무게로 저울질할 수는 없다.

하지만 등조를 비롯한 친우들의 우정은 저들 부부간의 애정을 넘으면 넘되 절대 모자랄 수 없는 것이었다.

"부인의 후예라 하나 친혈육은 아닙니다. 어찌 보면 오히려 친우의 후예들보다 멀 수도 있구요."

설운이 다문류의 두 눈을 빤히 쳐다보았다.

"아닐까요?"

다문류은 대답이 없었다.

다만 자신을 쳐다보는 설운의 두 눈빛을 담담히 받고 있을 뿐이었다.

"사부는 유독 천룡문과 교류가 있었지요. 왜일까요?"

"하고 싶은 말이 뭔가?"

다문륜이 설운의 의도를 물었다.

"자네가 이렇게까지 무례를 범하면서 나에게 하고자 하는 그 말이 무어냔 말이야."

설운의 흔들림 없는 눈동자가 다문륜을 향했다.

잠시의 침묵이 있었다.

그리고 설운이 입을 열었다.

"당신은… 누구십니까?"

"뭐라?"

"대답해 주십시오."

"정말 어이가 없군."

다문륜이 실소를 흘렸다.

그러나 설운은 차분했다.

오가는 내용의 경중에 비해 그의 태도는 물처럼 평안해 보였다.

다만 그 이면에 깔려 있는 단호함은 옅어지지 않고 제 색을 유지하고 있었다.

"도를 넘고 있다는 것은 알고 있나?"

"글쎄요. 전 아니라고 봅니다."

"막연한 추측일세."

"아뇨. 전 확신을 가지고 있습니다. 그리고 대답 또한 해주실 것으로 믿고 있습니다."

"다른 이유라도 있나?"

듣기에 따라 묘하게 느껴지는 다문륜의 물음이었다.

"아실 것이라 믿지만 굳이 원하신다면 말씀을 드리지요."

"해보게. 도대체 어떤 확신을 갖고 있기에 자네가 이렇게까지 행동하는지 무척 궁금하네."

"사부에겐 늘 세 명의 제자가 있어왔습니다."

"나도 알고 있네."

장령, 흑령, 그리고 혈령이 그들이었다.

시간이 흐르고, 사람은 바뀌어도 사부에겐 언제나 세 명의 제자가 있어왔다.

"장령은 궁의 대소사를 담당했습니다. 혈령은 궁의 검이 되어 궁에 대적하는 자들을 처단하는 일을 맡았었지요."

"그리고?"

"흑령은 사부의 그림자였습니다. 오직 사부의 명에 따라 은밀히 명을 수행하는 그림자. 그가 어디서 무슨 일을 하고 있는지 누구도 아는 자는 없었습니다."

"자네 말은……."

"하지만 실상은 달랐습니다."

다문륜의 말을 끊으며 설운은 자신의 얘기를 이어갔다.

지금 중요한 것은 다문륜의 반응이 아니었다.

자신이 생각한 것에 대한 확인, 오직 그것만이 의미가 있었다.

"장령의 역할은 궁의 대소사를 관장하는 것이 아니라 천하의 혼란에 있었습니다. 누가 되었든 장령은 알게 모르게 천하 암류와 연관되어 있었을 것입니다. 자의든 타의든 말입니다."

"그리고?"

"혈령은 적이 아닌 사부를 찌를 검이었지요. 그게 혈령이 존재하는 이유였습니다. 이 말은 어르신께서 저에게 직접 해주신 말씀이시니 이의가 없으실 겁니다."

"인정하지."

혈령은 사부, 하후영을 죽일 검이었다.

하후영은 자신을 죽일 도구를 스스로 준비해 왔던 것이었다.

그를 죽일 수 있는 것은 오직 파령기의 기운뿐, 파령금쇄신마공을 익힌 자의 파령기만이 그의 숨통을 끊을 수 있었다.

"사부는 저를 키우기 위해 많은 것을 주었습니다. 비급, 영약, 가르침, 그러나 무엇보다 경험을 주었지요. 실전을 통한 경험. 제가 혈령으로서 이행해야 했던 수많은 임무는 모두 다 저의 성장을 돕기 위한 사부의 의도였습니다."

"그렇다면 흑령은?"

다문륜이 말을 건넸다.

"흑령은……."

설운이 잠시 말을 멈추었다.

한 번 더 생각의 정리라도 하는 것일까?

그러더니 이내 다시 말을 이어가기 시작했다.

"흑령은 겉으로는 사부의 그림자였습니다. 하나 그 또한 실질적인 역할이 있었겠지요."

설운은 생각을 했다.

마신궁은 혈령을 위해 존재하는 곳이었다.

궁극적으로는 사부를 위한 것이겠지만, 어쨌거나 궁의 모든 일의 초점이 혈령에 맞춰져 있다는 것은 맞는 말이었다.

사부를 죽일 검.

그를 위한 여러 가지 배려들.

그것이 모여 마신궁을 이루었다.

천하의 혼란은 사부를 위한 유희거리이자, 혈령이란 칼을 달구는 화로였다.

그 역할은 장령이 했다.

혈령은 검, 장령은 화로.

제련은 사부가 했다.

그렇다면 흑령이 해야 할 일은 무엇이었을까?

"안배였습니다."

또렷한 설운의 음성이 다문류에게 전해졌다.

"흑령은 혈령이 제대로 커가기 위한 안배. 쇠를 달구어 망치질을 할 때, 혹여 생길지 모르는 미연의 사고를 막아주는

보조자. 그리고 마침내 검이 완성되었을 때, 제대로 쓰일 수
있도록 마지막 날을 세우는 숫돌."

다문륜의 얼굴에 언뜻 묘한 표정이 깃들다 사라졌다.

"아닙니까?"

설운의 곧은 시선이 다문륜을 향했다.

확신에 찬 말투와 확신에 찬 눈빛이었다.

다문륜은 대답을 않았다.

가타부타 말이 없었다.

그저 가만히 설운의 시선을 받아들일 뿐이었다.

침묵이 흘렀다.

설운도, 다문륜도 말을 꺼내지 않으니 둘 사이에 오가는 것
은 대기의 흐름뿐, 바깥 소리마저 끊어진 다문륜의 처소 안엔
고요한 침묵만 맴돌았다. 그리고.

"언제부터 알았나?"

다문륜의 말문이 트였다.

"그리 오래되진 않았습니다. 의심이 들었고, 확인이 필요
한 일이었지요."

"그래, 확인하고 나니 후련한가?"

"전혀요. 의심이 사실이 되었다고 해서 변하는 건 없으니
까요."

"그렇겠지."

다문륜이 고개를 끄덕였다.

굳어 있던 표정은 언제 그랬냐는 듯 다시 풀려 있었다.

"굳이 묻지 않는다면 모른 척 넘어갈 일이었네. 자네가 안들 자네와 사부 사이에 변화가 있을 것도 아니고, 모른다고 해가 될 일도 아니었으니. 그래도 가능하면 감추려 했지. 그리 편한 얘기는 아니니 말이야."

다문륜의 마음이 이해가 간다는 듯이 설운이 고개를 끄덕였다.

"한 가지 궁금한 것이 있습니다."

"경이 이야기를 하려는 겐가?"

설운이 다시 고개를 끄덕였다.

다문경.

절대 잊을 수 없는 아련한 그 이름.

"그도 알고 있었습니까?"

"전에도 이와 비슷한 질문을 했었지. 그때 내 대답은 그렇다는 것이었고."

"네."

"이번에도 마찬가질세. 그 아이는 알고 있었네. 모를 수가 없지. 애초 차대 혈령으로 준비되었던 아이가 그 아이이니."

"네?"

처음 듣는 얘기였다.

"들은 그대롤세. 당대 혈령은 원래 자네가 아니라 그 아이의 몫이었네. 그 아이가 천형을 타고나지만 않았어도. 아니,

가문의 천형이 유독 그 아이에게만 그토록 모질게 내려지지
만 않았어도 지금 혈령의 이름을 부여받고 있을 아이는 그 녀
석이었을 게야."

"그런……."

생각지도 못했던 다문류의 말에 설운은 잠시 할 말을 잃었
다.

─당신은 모르나, 당신은 선인(善人)이오. 당신이 걸어온 길,
그것은 당신의 잘못이 아니오. 당신의 악함은 당신의 사부가 심
어준 것. 그대의 책임이 아니라오. 내가 어찌 아느냐고?

그날, 동굴에서 그가 했던 말이 떠올랐다.

─당신의 악함은 당신의 사부가 심어준 것. 그대의 책임이 아
니라오. 내가 어찌 아느냐고?

생각지 못했었다.

놓치고 있었다.

"자질이 뛰어난 아이였네. 자네의 사부이자, 나의 사부가
되시는 그분께서도 무척 기대를 갖고 계셨지. 마신궁에 들어
갈 필요는 없었네. 그 아인 자신이 무엇을 해야 하는지 잘 알
고 있었지. 세상에 별 풍파 없이 그 일을 마무리할 수 있기를

바랐기에 모진 애를 썼었어. 착한 아이였네. 뛰어난 아이였고, 세상을 위하는 협의가 있는 아이였어. 그저 그 아이의 타고난 운명이 안타까울 뿐……."

서쪽을 향해 기운 해가 처소 안에 그림자를 드리웠다.

창을 통해 들어온 오후의 햇살이 둘이 앉은 탁자 위에 밝게 비치었다.

찻잔에 햇살이 닿고, 물방울처럼 빛이 어렸다.

그리고 그 빛은 알알이 방울져 설운의 가슴 위로 흘러내렸다.

─나도 살고 싶소!

그의 목소리가 들려왔다.

한없이 커 보이던 그가 처음으로 사람 냄새를 풍기던 그때.

하지만 그 말을 하고 얼마 후 그는 돌아올 수 없는 길을 떠나갔다.

덤이라 생각했던 인생이었다.

자신은 죽고, 그 자리에 그가 준 새 삶이 움튼 것이라 생각했었다.

그는 날 보며 무슨 생각을 했을까?

그를 대신해 살아갈 자신을 보며 그는 과연 무슨 생각을 했을까?

참으로 얽히고설킨 인연이었다.

"문을 떠날 때 그 아이가 한 말이 있네. 대야평에서 자네를 만나기 전 유언처럼 남긴 말이었지."

—제가 보게 될 그 사람이 어떤 자인지 저는 모릅니다. 그가 내 검 아래 그대로 죽게 될지, 혹은 다시 살아나게 될지, 아무것도 정하지 못했습니다. 다만 적어도 그가 한 가닥 인성마저 사라진 피에 미친 짐승이 아니기만 바랄 뿐입니다. 혹여 그렇다면 제 마지막 가는 길이 너무도 허망할 것 같으니까요.

"그 아이가 자네에게서 무엇을 보았는지 나는 잘 알지 못하네. 하나 자네가 지금 이렇게 살아 있다는 것은 적어도 그 아이가 염려했던 일은 벌어지지 않았다는 뜻일 테지. 그래서 고마웠네. 하늘에도, 자네에게도……."

                    *   *   *

설운은 다문륜의 처소를 나왔다.

정작 묻고 싶은 얘기는 꺼내지도 못했다.

다문륜이 흑령일지도 모른다는 가정은 이전부터 해왔었다.

다만 그것이 대세에 큰 영향을 미치는 일이 아니었고, 다문류이 자신에게 해를 끼칠 인물도 아니었기에 굳이 확인하려하지 않았을 뿐이었다.

오늘 다문류에게 흑령에 관한 얘기를 꺼낸 것은 그를 통해한 가지 확인할 것이 있어서였다.

제갈문이 말한 소요상운경.

그 얘기를 듣는 순간 머리를 스쳐 가던 한 가지 의문을 해결해야 했다.

하지만 대화의 끝에 나왔던 다문경의 이야기가 더 이상의대화를 금해 버렸다.

그도, 다문류도 착잡하게 젖어드는 마음에 말문이 닫혀 버린 탓이었다.

"자고 가게."

다문류이 남긴 말을 끝으로 설운은 내일을 기약했다.

사부가 정한 시한은 아직 일 년 정도 남아 있었고, 무림맹과 백리세가의 문제는 위중하나 해결 불가한 일이 아니었다.

굳이 자신이 없더라도 당금 무림맹의 힘이라면 그리 어렵잖게 풀릴 일이었다.

하루를 더 미룬다고 해서 큰일이 생길 리는 없었다.

다문류의 성정상 묻는다면 답을 주겠지만, 설운 스스로가얘기하는 것이 꺼려졌다.

가끔은 마음이 가는 대로 움직이고 싶은 때가 있는 법이니,오늘은 그냥 과거를 회상하며 한 사람을 추모하는 것이 더 나을 듯싶었다.

　설운이 하룻밤 머물게 될 장소는 이전 다문경이 쓰던 거처라 했다.

　다문륜의 처소에게 그리 멀지 않은 곳에 위치해 있는 작고 소담스런 전각이었다.

　주인이 떠난 지 몇 년이 지났건만 조그만 전각은 관리가 잘되어 있었다.

　매일 청소를 하는지 들어선 방 안엔 조금의 먼지도 보이지 않았다.

　그가 쓰던 침상, 탁자, 그리고 그가 보던 책들, 입던 옷 등등 모든 게 그대로라 했다.

　오직 주인만 없을 뿐.

　서창으로 저녁노을이 붉게 비쳐 들었다.

　잠시 방 안을 이리저리 둘러보던 설운이 탁자 앞 의자에 몸을 앉혔다.

　손으로 탁자 위를 쓰다듬어 보았다.

　매끈한 촉감이 손끝 아래로 전해졌다.

　가슴이 먹먹했다.

　수년의 시간이 흘렀건만, 아직도 설운의 가슴 안에서 다문경은 아픔으로 남아 있었다.

　술이 생각나는 밤이었다.

*　　　*　　　*

아침 안개가 자욱한 이튿날 아침, 설운은 다시 다문륜과 마주 앉았다.

검게 옻칠된 창들이 전부 다 열리자 바깥 풍경이 시원스레 들어왔다.

연기처럼 흐르는 안개 사이로 서 있는 굵은 나무들이 세월의 깊이를 말해주고 있는 듯했다.

"어제 못다 한 말이 있을 테지?"

식사를 금방 마친 듯, 김이 모락모락 피어나는 찻잔을 앞에 두고 다문륜은 그 향을 음미하며 한 모금씩 차를 들이켰다.

"내가 흑령이란 것이 자네에겐 그다지 큰 의미를 띠는 것은 아닐 테니 그것을 확인하러 이곳까지 찾아오진 않았을 테고. 그래, 뭔가? 알고 싶은 것이?"

바람이 부니 안개가 흩어졌다 모였다를 반복했다.

그 사이로 언뜻언뜻 창밖 조경이 내비쳤다.

세상이 어떻게 돌아가든 이곳은 참 평화로운 곳이구나 하는 생각이 불현듯 뇌리를 스치고 지나갔다.

"아침 풍경이 참으로 좋군요."

설운이 창밖을 보며 말을 꺼냈다.

"그런가? 나야 평생을 보던 것이라 그런지 그냥 덤덤하네만."

다문륜이 설운의 시선을 따라 창밖을 바라보았다.

운치 있는 아침의 싱그러운 풍광이 그를 맞아주었다.

"사람이야 어떻든 자연은 언제나 한결같아. 내가 기뻐도, 내가 슬퍼도, 저 밖 풍경은 늘 그대로란 말이지. 내 속이 쓰려도 새는 즐거이 지저귀고 내가 소리치며 환호해도 나무는 조용히 제자리를 지키고 있지."

설운이 고개를 돌려 다문륜을 보았다.

그리고 그의 눈 속에서 어제의 잔영을 찾을 수 있었다.

아마도 자신의 요절한 혈육을 떠올리고 있을 게다.

설운 자신이 그런 것처럼.

"자, 감상은 이쯤하고 할 얘기를 해야겠지? 말해보게. 내가 뭘 답해야 하는지."

다문륜이 잠시의 감상에 벗어나 현실로 돌아왔다.

표정이 무척 온화해 보였다.

"우선, 사부에 대해 몇 가지 확인할 사실이 있습니다."

설운이 말을 시작했다.

"사부는 정파무림인이었습니다. 어떤 계기로 파령금쇄신마공을 익히게 되었고, 그 후 오백 년을 살아왔습니다. 사부는 스스로 죽을 수 없으며, 따로 그를 죽일 수 있는 방법도 없습니다. 그를 죽일 수 있는 유일한 방법은 파령금쇄신마공을 익힌 자의 파령기뿐입니다."

"맞는 말이야."

"현재로썬 파령금쇄신마공을 익힐 가능성이 있는 사람은 저뿐입니다."

"그도 맞는 말일세. 덧붙이자면 현재가 아니라 오백 년 이래 가장 가능성이 큰 사람이기도 하지."

사부가 죽는 방법은 단 하나, 파령기뿐.

달리 말한다면, 오백 년 전의 사람이 지금껏 살아 있다는 말은 지난 세월 동안 누구도 사부를 죽일 수 있을 만큼 파령금쇄신마공을 연무한 사람이 없다는 뜻이기도 했다.

"그렇다면 사부는 어디서 그 저주받은 무공을 익힌 걸까요? 저처럼 길러진 겁니까? 아니면······."

"궁금한 것이 그것이었나?"

"그중 하나입니다."

"그래······. 그럼 다른 것은 무엇인가?"

"그것은······."

말을 하던 설운이 잠시 뜸을 들였다.

잠시 뭔가를 생각하는 듯하더니 이내 고개를 저으며 다시 말을 잇기 시작했다.

"직접적으로 여쭙지요. 제가 만약 사부를 죽인다면, 만약 그렇게 된다면, 저는 어떻게 되는 겁니까? 혹시 저 또한 사부처럼······."

설운의 뒷말은 이어지지 않았다.

그러나 그가 무엇을 말하고 싶어 하는지는 충분히 전해진 후였다.

파령금쇄신마공을 익힌 자는 오직 그 무공을 익힌 자에 의해서만 죽음을 맞을 수 있다.

사부 하후영이 그것을 익힌 지 벌써 오백 년, 혹여 설운이 파령금쇄신마공을 익혀 사부를 죽인다면, 그후 설운 자신은 어떻게 될 것인가?

어쩌면 답은 이미 나와 있는지도 몰랐다.

"알고 있잖은가?"

다문륜의 답은 설운의 예상을 빗나가지 않았다.

"사부가 어떻게 그 무공을 익히게 되었는지는 명확하진 않네. 다만 일의 정황으로 보건대 아마 지금과 비슷한 상황이었겠지. 그래서 자네 또한 마찬가지가 될 게야. 자네가 파령금쇄신마공을 익혀 사부를 죽인다면, 아마, 아니, 분명 자네가 이전 사부가 걷던 길을 그대로 걷게 되겠지."

"제가, 사부가 되는 것이군요."

"그럴 게야."

다문륜이 가만히 고개를 끄덕였다.

"그게 무슨 의미가 있을까요?"

예상은 했지만 불편한 진실이었다.

설운이 사부를 죽이고 그 자리를 대신한다.

하나의 악을 제거하고, 그 악을 처리한 자가 다시 그와 똑

같은 악이 된다.

정말 개 같은 이야기였다.

"사람만 바뀔 뿐이잖습니까? 단지 사부에서 저로 사람만 바뀔 뿐 변하는 건, 없지 않습니까?"

다문륜은 대답을 하지 않았다.

"제가 사부와 대적하려는 것은 그가 세상에 지독한 폐를 끼칠 절대악이기 때문입니다. 그가 있음으로 해서 천하 만생이 고통을 받을 수 있기 때문에, 그래서……."

설운의 얼굴이 붉게 상기되었다.

혹시나 하여 물어본 말인데 대답은 자신의 예상을 벗어나지 않았다.

'의미 없는 짓이다.'

설운이 고개를 저었다.

확실히 의미 없는 일이었다.

설운이 사부를 죽이려는 것은 오직 한 이유.

─수십이 죽을 것이고, 수백, 수천이 죽을 것이다. 네가 나를 막아내지 못하는 한, 천하는 거대한 피의 수레바퀴 속에 파묻힐 것이야.

사부가 한 저주.

만약 그가 천하를 걸고 설운을 위협하지만 않았더라도 설운은 사부의 일에 결코 나서지 않았을 것이다.

한데 진실은 자신이 사부를 죽여도 변하는 게 없다.

다만 악의 주체가 사부가 아니라 설운 자신이 된다는 것뿐.

어쩌면 더 최악의 결론일지도 몰랐다.

하지만 어느 정도는 예상했던 일이었다.

혹시나 하는 마음이 있어 잠깐의 기대를 가졌을 뿐, 결론이
이와 다르지 않을 것임을 이미 알고 있었다.

그래도 속이 쓰렸다.

혹시나 했는데.

가능성은 극히 희박했지만, 그래도 혹시나 했는데, 결론은
바뀌지 않았다.

'후우.'

설운이 속으로 심호흡을 하며 심정을 가다듬었다.

아직 그에게는 할 말이 남아 있었다.

다문륜을 만나러 이곳까지 와야 했던 이유.

"어르신."

차분히 가라앉은 음성이 다문륜을 불렀다.

"더 할 말이 있는 모양일세."

"사실 제가 어르신을 뵈러 온 진짜 이유는 아직 말씀을 드
리지 않았습니다."

"그래?"

다문륜은 궁금했다.

더 할 말이 무엇인지.

"혹시 소요상운경이란 말을 들어보신 적이 있으십니까?"

"소요상운경?"

"그렇습니다. 소요상운경."

설운이 다문륜의 눈을 빤히 쳐다보았다.

속에 담긴 것은 기대.

그가 안다면, 그가 들은 적이 있다면 아직 희망은 완전히
사라진 것은 아니다.

"소요상운경이라……."

닫혀 있던 다문륜의 입술이 천천히 벌어졌다.

더불어 설운의 동공 또한 점점 커져 갔다.

제3장

흑도련

나는 살아 있는가?

살아 있으나 살아 있음을 느낄 수 없다.

저주받은 이 몸은 칼로 찔러도 상처가 나지 않고, 독을 마셔도 죽지 않으며, 불을 질러도 타는 것은 걸친 옷뿐, 빌어먹을 육신은 너무도 멀쩡하다.

나는 숨을 쉰다.

그러나 그것이 내가 살아 있다는 증거가 될 수 있는가?

나는 느끼고 싶다.

내가 여전히 살아 있다는 것을.

　　　　　*　　　*　　　*

　정파무림맹과 더불어 천하를 양분하고 있는 흑도연합, 감숙 흑도련.

　저녁 햇살이 세상을 금빛으로 물들이는 가운데 한 노인이 흑도련 정문 앞에 도착했다.

　특이할 것 없는 노인의 행색에 수문 위사들의 관심이 멀어질 무렵, 노인은 가만히 오른손을 들었다가 살포시 아래로 늘어뜨렸다.

　우르르릉.

　천둥소리와 같은 굉음이 울려 퍼졌다.

　정문을 지키고 섰던 수문 위사들이 갑자기 뒤에서 불어오는 세찬 먼지바람에 고개를 돌리자, 본래 있어야 했던 정문과 주변 성벽이 온데간데없이 사라져 있었고, 무너져 내린 건물 잔해가 고성(古城)의 폐허를 보는 듯했다.

　"뭘 하는 게야. 얼른 가서 적의 침입을 보고하지 않고."

　노인이 손을 내리며 수문 위사들에게 농을 하듯 말을 건넸다.

　수문 위사들이 잠시 사태를 파악하느라 서로를 바라보는 사이, 노인이 다시 걸음을 앞으로 내디뎠다.

　"명색이 흑도의 중심이란 놈들이 이리도 상황 파악이 느리다니. 쯧쯧."

노인이 혀를 차며 한 걸음 앞으로 다가서자, 느닷없이 앞에 서 있던 수문 위사 중 두 명의 목이 핏줄기를 뿜어내며 하늘로 치솟았다.

"아직도 그냥 서 있을 것이냐?"

노인이 웃으며 남은 수문 위사를 바라보았다.

투명한 눈동자에서 풍겨 나오는 진득한 살기에 수문 위사들이 주춤주춤 뒤로 물러섰다.

"저, 적이다!"

개중 하나가 급히 소리치며 무너져 내린 잔해를 넘어 흑도련 안으로 뛰어 들어갔다.

땡땡땡땡땡!

비상종이 울렸다.

그리고 곳곳에서 일단의 무리가 정문을 향해 뛰쳐나왔다.

"좋아. 이번 반응은 느리지 않군."

노인이 만족한 듯한 웃음을 짓더니 서서히 신형을 허공에 띄우기 시작했다.

"일천삼백이라. 적어도 모자라진 않겠구나."

노인이 비린 웃음을 지으며 달려오는 무사들 쪽으로 신형을 날렸다.

그리고 비명이 시작되었다.

*   *   *

"죄송해요."

사마주는 고운 얼굴 위로 눈물을 떨어뜨렸다.

얼굴을 못 본 지 일 년이 안 되었건만, 아비의 얼굴은 많이 늙어 있었다.

사마관일은 말을 하지 않았다.

금지옥엽.

굳이 이런저런 상투적인 표현을 쓰지 않아도 그가 얼마나 자기 딸을 아꼈는지는 주변 모두가 다 아는 사실이었다.

그래서 더욱 상처를 입었을지도 몰랐다.

하나밖에 없는 금쪽같은 딸이 사랑에 눈이 멀어 아비 곁을 훌쩍 떠나 버렸을 때, 그때 느낀 배신감과 분노는 이루 형언하기 힘들 정도였으니.

사마주가 떠난 직후 요당의 일이 터졌고, 그들이 사마주를 노린다는 사실에 급히 중앙을 보내 안전한 곳으로 피난을 도모했다.

다행히 일이 잘 진행되어 사마주와 청성도사 윤산은 달주로 가 무사히 정착할 수 있었다.

거기까지라고 생각했었다.

아비와 딸의 인연은 이제 끊긴 것이라 생각했었다.

물론 알게 모르게 수하들이 사마주 주변에 머무르며 음으로 양으로 돕고 있다는 것쯤은 인생을 살아온 경험으로 짐작

할 수 있는 일이었지만, 마지막 배려라 생각하고 신경을 끄려 했었다.

이렇듯 직접 찾아오지 않았다면, 홀로 가슴에 묻어놓고 평생을 모른 척 살아가려 했었다.

아이를 낳았단다.

하나밖에 없는 딸이 낳은 외손주라 했다.

"응애."

아기가 울었다.

사마주와 윤산의 아이는 잘생긴 아버지와 예쁜 어머니를 만나 이목구비가 또렷한 것이 꽤 잘난 아기였다.

사마주가 간곡한 얼굴로 사마관일을 바라보았다.

옆에 앉은 윤산은 죄송스런 마음에 가시방석 위에 앉은 듯 안절부절못하고 있었다.

"아버지."

사마주가 사마관일을 불렀다.

낯설었다.

늘 아빠라고 부르던 아이였는데.

괄괄한 성격에 천방지축 제멋대로였던 탓에 딸이라기보다는 장난기 심한 아들 같던 녀석이었는데.

"아버지."

차분한 음색에 존칭이라니 낯설어도 너무 낯설었다.

"응애."

방 안의 무거운 공기가 답답했던지 아기가 연신 울음을 토했다.

"관정이라 이름 지었어요. 아들이에요."

사마주가 사마관일이 잘 보이는 쪽으로 아기를 돌려 보여주었다.

―관정아.

―아, 왜, 또 그 이름!

―하하. 네 녀석 하는 짓이 꼭 선머슴아 같으니, 그냥 이참에 아들 이름으로 부르는 게 낫지 않겠느냐?

―싫어. 난 딸이란 말야.

―네가? 하하. 어딜 봐서? 겉만 계집이지 하는 짓은 영락없는 사내놈이 아니더냐? 그러니 그냥 아들 해라. 이 애비가 미리 이름도 지어두었잖느냐, 관정이라고. 응? 관정아.

사마관일은 그렇게 아들을 원했다고 했다.

부인이 임신을 했을 때 분명 아들일 것이라며 태명도 아닌 본명까지 미리 지어두었을 정도였다.

그때 지은 이름이 관정이었다.

비록 몸은 사파에 있으나, 세상의 모든 올바른 것을 다 보고 자라라는 뜻에서 관정(觀正)이라 이름 지었다고 했다.

사실은 그의 이름에서 관을 부인 이름에서 정을 따온 것이었지만.

부모를 닮아 잘생긴 아이가 울던 울음을 그치더니 사마관일을 빤히 쳐다보기 시작했다.

낯선 얼굴, 그러나 어딘지 눈에 익은 얼굴.

아기가 한참을 바라보더니 방긋 미소를 지어 보였다.

"까르르."

핏줄이 당겨서일까?

아기가 웃으며 사마관일을 향해 두 팔을 휘저었다.

마치 여기 손자가 왔으니 안아달라는 듯이.

보고 있던 사마관일의 표정이 기이하게 변했다.

천하흑도의 정점에 있는 자이자 천하에서 가장 잔혹한 자로 알려져 있는 사마관일에게서는 절대 나올 수 없는 표정이 내비쳤다.

볼이 씰룩거렸다.

눈두덩이 잘게 떨렸다.

불끈 쥔 두 손이 허옇게 변하도록 꽉 쥐어졌다.

'빌어먹을.'

뭐라 할 말도, 취할 행동도 생각나지 않았다.

그냥 모른 척 안아주면 될 것을, 모른 척 져주면 될 것을, 나이 많은 아비의 질긴 고집이 그것을 못하게 말렸다.

나이 먹은 늙은이의 속 좁은 고집이었다.

[주군.]

그때 전음이 들려왔다.

"뭐야!"

말투가 사나웠다.

갈피를 못 잡는 마음에 불편한 심경이 애꿎은 수하에게 화로 쏟아졌다.

별일 아니라면 절대 가만두지 않겠다는 생각까지 품었다.

[적의 습격입니다.]

그러나 수하가 전하는 내용은 보통 내용이 아니었다.

전하는 수하의 목소리가 다급했다.

"뭐?"

[강한 자입니다. 이미 외성이 무너지고 내성까지 밀렸습니다.]

쾅!

"무슨 소리야!"

사마관일이 탁자를 치면서 자리에서 벌떡 일어섰다.

적의 침입이라니, 거기에 외성을 지나 내성까지 밀렸다니.

듣고도 믿지 못할 소리였다.

"제대로 보고해!"

[그게, 컥!]

전음이 끊어졌다.

보고하던 수하가 신음과 함께 기척이 사라졌다.

그 짧은 시간에 사단이 난 모양이었다.

생각보다 일이 더 심각했다.

일이 심상찮음을 느낀 사마관일이 정색을 하며 재빨리 상황을 유추해 보려 했다.

전음을 보낸 자는 자신의 호위무사였다.

누구보다 가까이에서 자신을 지키는 자였다.

그에게 일이 생겼다는 것은 상황이 보통 심각한 것이 아니라는 뜻이었다.

이곳은 흑도의 본산이다.

상주하는 무사만 일천 여.

누구도 감히 함부로 덤벼들 수 없는 흑도 문파의 중심이었다.

흑도련 련주전은 겹겹의 방어로 둘러싸여 있는 곳이었다.

정문에서 출발해 이곳까지 오려면 수많은 관문과 장애물을 통과해야만 도달할 수 있었다.

황군이 몰려온다 해도 제 한 몸 빼낼 수 있는 시간은 주어졌다.

그런데 적이 온다는 어떤 낌새도 기척도 느끼지 못했다.

거기에 호위까지 당했다.

대체 어떤 자들이기에?

예상 수준을 넘어서는 상황이 벌어지니 빠른 판단을 내리기가 무척 어려웠다.

사마관일은 분명 당황하고 있었다.

"무슨 일이에요?"

"무슨 일입니까?"

사마주와 윤산이 동시에 입을 열었다.

"중양!"

사마관일이 중양을 불렀다.

특별한 명이 있지 않을 때면 언제나 자신의 곁을 떠나지 않는 최측근 수하였다.

사마주가 련을 떠날 때에도 뒤를 부탁했던 가장 믿을 수 있는 수하였으며, 지금도 바로 문밖에서 바위처럼 굳건히 선 채 안을 지키고 있을 강직한 수하였다.

그러나 역시 답이 없었다.

'그렇다면?'

모두가 당했다는 뜻이었다.

'서둘러야 한다.'

사마관일의 얼굴이 딱딱하게 굳었다.

정확한 사태 파악은 나중에라도 가능한 일이었다.

지금은 사태 파악보다는 안전이 우선이었다.

자신도 자신이지만 딸과 손주가 걱정이었다.

시간이 없었다.

"피해라."

사마관일이 사마주와 윤산에게 처음으로 입을 열었다.

"네?"

"어서!"

노련한 흑도 무사의 본능이 강력한 경고를 보내고 있었다.

위험하다.

정말 위험하다.

"아버지……."

"얘기는 나중에 하자. 지금은 어서 자리를 피하는 것이 좋
겠다. 자네는 어서 이 아이들을 데리고 자리를 피하게. 한시
가 급한 일이야. 어서!"

사마관일이 윤산에게 소리를 질렀다.

미적거릴 시간이 없었다.

한시라도 빨리 이곳을 빠져나가는 것이 급선무였다.

얼굴 쳐다보면서 얘기하는 시간조차 아까웠다.

"아뿔싸."

하지만 늦었다.

이미 늦어버린 것이다.

우우우우웅.

벽 하나를 사이에 두고 엄청난 기운이 사마관일에게로 밀
려왔다.

태어난 이래 한 번도 겪어보지 못한 미증유의 기세였다.

육중하면서도 날카로운 거대한 얼음 파편 같은 섬뜩한 기
세였다.

칼밥을 먹고 살겠다고 결심한 이래 처음으로 등에 식은땀
이 흘렀다.

사마관일의 시선이 딸에게로, 다시 손자에게로 옮아갔다.

상대는 기세만으로도 감당이 안 되는 자였다.

굳이 손을 섞어보지 않아도 그와 자신의 엄청난 격차는 눈
으로 보듯 훤히 볼 수 있었다.

상대가 누구인지, 찾아온 불청객이 몇이나 되는지, 어디에
속해 있는 자인지는 중요하지 않았다.

중원에 언제 저런 자가 존재했었는지, 어디서 저런 자가 나
타났는지, 그 또한 중요한 게 아니었다.

중요한 것은 상대의 적의와 살의.

'어떡하든.'

피붙이만큼은 살리고 싶었다.

아니, 살려야만 했다.

"쓸데없는 짓이다."

어디선가 섬뜩한 목소리가 들려왔다.

마치 유부에서 울리는 귀곡성처럼 온몸에 소름이 돋아나
게 하는 소리.

바라본 곳에 피로 목욕을 한 듯 온몸에 피칠갑을 한 채 웃
고 서 있는 괴인이 있었다.

뚝뚝 흘러내리는 핏물을 뒤집어쓴 얼굴 가운데에 번들거
리는 투명한 눈동자, 붉게 젖은 입술 사이로 하얀 이가 사이

하게 웃고 있었다.

"누구시오?"

"그 또한 쓸데없는 질문이야. 이제 곧 죽을 놈이 그딴 거 알아서 어디에 쓰려고? 다 부질없는 짓이다."

비릿한 혈향과 함께 풍겨 나오는 진득한 살기가 숨을 턱 막아왔다.

마치 핏물로 가득 찬 거대한 호수 한가운데 빠져 있는 듯한 느낌이 들었다.

두렵고, 공포스러웠다.

'내가?'

낯선 감정이었다.

두려움을 줄지언정 두려움을 느낀 적이 없었던 사마관일은 자신이 느끼는 감정에 당혹스러웠다.

"이유라도 알고 싶소만."

속마음을 감춘 채 사마관일이 물었다.

태연한 척 애썼다.

그러나 떨리는 마음은 이미 다 드러난 상태였다.

"큭큭큭. 제법 강단이 있는 아이로구나. 하지만 미련해. 말했건만 못 알아듣는구나. 죽고 나면 아무것도 남지 않을 것을. 생의 기억도, 아픔도, 미련도. 아무것도 남지 않는 것을 말이야."

피에 젖은 악귀가 웃으며 천천히 사마관일에게로 다가왔다.

느릿한 그 움직임에 마치 거대한 철벽이 몸을 짓누르는 듯한 기분이 들었다.

'으득.'

사마관일이 입술을 질끈 깨물었다.

적은 강했다.

일수를 자신 못 할 만큼 강한 자였다.

그러나 그냥 죽을 수도 없었다.

사마관일에겐 자신의 목숨보다 더 중요한 뭔가가 있었다.

지켜야 할 것, 반드시 지켜야 할 것.

사마관일의 눈에 비장함이 맺혔다.

'단 한 번! 모든 것을 건다.'

사마관일이 은밀히 내기를 돌리며 비장의 한 수를 준비했다.

붙어보지 않아도 상대는 자신조차 일합을 장담 못 할 절대고수였다.

정상적으로 맞붙어서는 절대 승산이 없었다.

'암격(暗擊)!'

뒤를 노릴 수밖에……

비겁해도 할 수 없었다.

아이들을 살리려면 어쩔 수 없는 선택이었다.

어차피 흑도 무사로 더럽게 살아온 인생이었고…….

바라는 것은 잠시의 틈과 시간이었다.

적어도 딸과 아이만큼은 도망갈 시간을 벌어줄 수 있는 아주 미세한 틈.

사마관일은 원정지기까지 아낌없이 태우며 최후의 한 수를 준비했다.

"큭큭. 그걸로 될까?"

괴인이 느긋하게 팔짱을 꼈다.

"부질없는 짓이다."

그리고 웃음이 짙어졌다.

마치 네가 무슨 생각을 하고 있는지 다 알고 있다는 듯이.

괴인의 태도에 사마관일은 절망을 느꼈다.

눈앞의 괴인은 모든 걸 다 보고, 알고 있었다.

자신이 은밀히 내기를 돌리는 것을, 원정지기까지 태워가며 한 수를 준비한다는 것을.

그럼에도 저리 여유가 있다는 것은 그만큼 자신과 상대의 격차가 크다는 반증일 터.

[도망가라.]

[아버지.]

[대화할 시간조차 아깝구나. 어서 도망가거라. 뒤도 돌아보지 말고 죽을힘을 다해서 어서!]

'제발!'

사마관일은 속으로 소리쳤다.

저 아이들만큼은 무사하길, 이 지옥 같은 곳에서 부디 무사히 벗어나 주길.

"크윽!"

그러나 바람은 물거품이 되었다.

"아악!"

윤산이 피를 토하며 자리에서 쓰러졌고, 이어 사마주가 전신에 피를 흘리며 서서히 아래로 쓰러졌다.

"안 돼!"

시간이 멈춘 듯했다.

느리게, 너무도 느리게 사마주의 몸이 밑으로 가라앉고 있었다.

손을 뻗어보지만 닿지 않았다.

바로 앞인데, 몇 걸음 되지 않을 바로 코앞의 거리인데 아무리 몸을 움직여도 몸이 나아가지 않았다.

"의미 없는 짓이라 하지 않았더냐?"

윤산과 사마주가 보이던 곳에 투명한 눈동자가 불쑥 나타났다.

괴인이 코앞에 얼굴을 맞대고 다가와 있었다.

내쉬는 숨에서 시신에서나 맡을 법한 역겨운 악취가 풍겨나왔다.

"이유를 물었더냐?"

괴인의 오른손이 사마관일의 목을 움켜쥐었다.

"컥!"

"알려주랴?"

끄덕.

사마관일이 힘겹게 고개를 끄덕였다.

"크크. 그럼 내 알려주지."

괴인의 눈동자가 크게 다가왔다.

사이한 눈동자에 푸르게 변해가는 자신의 얼굴이 비치었다.

"그냥."

괴인이 속삭였다.

'……?'

무슨 뜻인가?

그냥이라니?

사마관일의 얼굴에 복잡한 심경이 떠올랐다.

"들은 그대로니라. 그냥. 굳이 덧붙인다면 심심해서라고나 할까?"

목이 잡힌 사마관일이 발버둥을 쳤다.

마지막 죽어가는 순간까지 농락을 당하다니.

몸부림치는 사마관일의 얼굴이 점점 파래지며 조금씩 부풀어 올랐다.

"사실이니라."

악귀같은 괴인의 얼굴에 웃음이 맺혔다.

"악… 마……."

즐거운가?

이런 만행을 저지르고서 마음이 즐겁단 말인가?

"덕분에 잠시나마 즐거웠다."

괴인의 웃음소리가 크게 들렸다.

"잘 가거라."

괴인의 말에 이어.

퍽!

어디에선가 어떤 것이 터지는 소리가 들리는 듯했다.

"크하하하하."

괴인, 하후영은 고개를 한껏 뒤로 젖히며 앙천대소를 했다.

손에 들린 머리 없는 시체가 웃음소리를 따라 들썩였다.

"크하하하하."

피에 물든 방밖으로 퍼져 나가는 웃음소리.

그 아래 시체가 산을 이루고 있는 흑도련의 처참한 풍경이
붉은 노을 속에 잠기고 있었다.

*   *   *

나는 살아 있다.

뜨거운 피가 내 몸을 적실 때, 비릿한 혈향이 내 전신을 휘
감을 때, 발밑에 한때 살아 있던 자들의 주검이 느껴질 때, 난
내가 살아 있음을 느낀다.

그래.

나는, 살아 있다.

*   *   *

감숙 흑도련의 멸망.

이 믿을 수 없는 소식이 바람을 타고 전 중원으로 퍼져 나
갔다.

정파무림맹과 함께 무림 양대 산맥으로 일컬어지던 흑도
련의 멸망은 온 천하를 경악으로 몰아넣었다.

천하 곳곳에 산재해 있던 흑도련의 분파들은 영문 파악을
하느라 분주했고, 무림맹 또한 정확한 사실관계를 알아보느
라 인력과 시간을 들이고 있었다.

고견은 머리가 아팠다.

무림맹과는 정반대의 대척점에 서 있던 거대 세력 하나가
사라진 것이니 분명 기뻐해야 할 일이었지만, 현실적 상황이
주는 부담감이 더욱 크게 다가온 탓이었다.

마각과 요당의 발호에 의한 천하 대혼란, 그리고 연이은 백
리세가와의 충돌, 거기에 흑도련의 멸망까지.

하나만 터져도 천하가 요동칠 일이 잇달아 벌어지고 있는
형국이었다.

무림의 선배로서, 맹의 맹주로서 고견이 느끼는 책임감과

부담은 결코 적다고 할 수는 없었다.

"당금 천하에서 이렇듯 소리 소문 없이 흑도련을 무너뜨릴 수 있는 세력이 누가 있을까?"

있을 리가 없다.

그러나 물어본다.

답답해서 말이다.

"저희가 가진 정보 안에서는 없습니다."

제갈문이 당연한 말을 격식을 차린 말투로 대답을 했다.

"역시 그쪽으로 봐야 하나?"

하후영을 일컫는 말이었다.

"추측이지만, 그렇다고 봐야 할 겁니다."

"허허, 참……."

고견이 실소를 터뜨렸다.

"한편으로는 참 편하군. 조금 덩치가 큰일이라면 일단 그쪽부터 의심하면 되니 말이야."

고견이 의자 깊숙이 몸을 기대고는 두 손으로 얼굴을 아래위로 쓰다듬었다.

피곤해 보였다.

고견은 삼화경에 이른 고수이니 육체적 피로는 아닐 게다.

자리와 상황이 주는 정신적 피로가 꽤나 쌓인 모양이었다.

"우리가 할 일은?"

"지금 당장은 딱히……. 일단 우리 눈으로 사실을 파악하는 게 우선이겠고."

"그 후엔?"

"그래도 딱히 할 일은 없을 겁니다. 흉수가 그가 맞다면 애초에 우리가 상대할 자가 아니니까요."

"그렇지?"

말끝에 지독한 무력감이 몰려왔다.

일의 원인을 안다.

흉수가 누구인지도 대충 짐작이 간다.

그러나 할 수 있는 게 아무것도 없었다.

"결국⋯⋯."

차마 설운에게 맡겨야 하냐는 말은 하지 못했다.

길가에 차이는 돌멩이처럼 널리고 널린 게 무림문파요 무림인인데, 천하 정세를 좌지우지할 이 중차대한 문제를 해결할 수 있는 자는 오직 한 명, 설운뿐이었다.

"할 수 있는 게 아무것도 없군. 이거 참⋯⋯."

씁쓸한 고견의 한마디가 제갈문의 가슴을 파고들었다.

아무것도 할 수 있는 게 없다는 무력감은 고견만 느끼는 낙담이 아니었다.

"그건 그렇고 저쪽은 어때?"

백리세가의 현재 상황을 물었다.

"그대롭니다."

"별다른 움직임은 없고?"

"무한에 들어온 이래 외부로 나서는 이들은 극히 소수뿐, 그나마도 일상적인 일들이라 특별한 사항은 없다고 들었습니다."

"허 참, 그놈들도 참 웃겨, 그치? 들어올 때는 꼭 당장에라도 무슨 일을 벌일 듯 세게 나오더니, 막상 들어와서는 쥐구멍에 숨은 쥐새끼처럼 꼼짝을 안 하고 있으니 말이야."

"혹시라도 무슨 변동이 있을까 싶어 꼼꼼히 살피고 있으니, 어떤 식으로든 움직임이 있다면 바로 연락이 올 겁니다."

"에이."

고견이 다시 손으로 얼굴을 비벼댔다.

차라리 먼저 달려가 깡그리 개 패듯이 패버릴까 싶은 마음도 들었다.

타고난 성정이 그렇기도 했고.

"우리가 먼저 치는 건 어때?"

"명분이 없습니다. 백리세가가 먼저 힘으로 나선다면 모르겠으나, 저렇듯 틀어박혀 웅크리고만 있으니 먼저 손을 쓰기엔 명분이 모자랍니다. 책임을 묻겠다며 나서기는 했지만, 지금처럼 다른 움직임이 없는 이상 맹의 입장에서는 기다리는 수밖에 달리 도리가 없습니다."

"뭐 하나 시원하게 해결되는 게 없구먼."

"조만간 어떤 식으로든 변화가 생기겠지요."

무한까지 찾아와 그대로 돌아갈 리가 없다.

어떤 식으로든 백리세가의 움직임이 있을 것이라는 것은 자명한 일이었다.

"대화를 거부한 것은 저쪽입니다. 그들이 있지도 않은 흉수를 내놓으라고 고집을 피우는 이상, 충돌은 불가피할 것입니다. 다만 그때가 언제이냐가 문제겠지요."

"알았어."

고견이 자리에서 일어났다.

"어디 가십니까?"

"답답해서 안 되겠어. 수련장에 가서 몸이라도 풀어야지. 이렇게 손 놓고 멍하니 앉아 있다간 내가 먼저 말라 죽겠어."

고견이 손에 검을 쥐고는 문을 나섰다.

"지하에 있을 거야."

고견의 말이 문밖에서 들려왔다.

제4장
파령(破靈)

"들어본 적이 없네."

다문륜은 간단히 부정했다.

"확실한 얘기십니까?"

설운이 재차 물었다.

그가 아느냐 모르느냐에 따라 설운이 앞으로 가야 할 행보가 변하게 된다.

설운에겐 더 없이 중요한 문제였다.

"확실하네. 소요상운경이라……. 맞네. 결코 들어본 적이 없어."

다문륜은 확고했다.

"그러시군요."

설운이 안도의 숨을 내쉬었다.

분명 들어본 적이 없다고 했다.

그것은 곧 설운에게 작으나마 희망이 생겼다는 얘기였다.

"한데 그게 무슨 말인가? 내 스스로 무림에 대해 나름 해박한 지식을 갖고 있다고 자부하는 사람이네만, 그런 나조차 금시초문인 말이니 말일세."

"먼 옛날 제갈무후께서 하신 말씀이라 들었습니다."

"제갈무후께서?"

"그렇습니다."

설운이 제갈문에게서 들은 말을 그대로 읊어주었다.

장수에 대한 평가에서 소요상운경에 이르기까지 들은 바 그대로를 전달했다.

"흐음, 그런 일화가 있었구먼."

듣고 보니 재밌는 이야기였다.

제갈무후가 평가하는 당대 장수들의 수준, 거기에 무의 경지에 대한 언급까지.

평소 그런 쪽에 관심이 많던 다문륜의 입장에선 재미있는 이야깃거리를 하나 건진 셈이었다.

"근데 말이야, 내가 이해가 안 되는 구석이 있어 하는 말이네만, 대체 그게 뭐가 그리 중요한 것이기에 자네가 그 먼 길을 달려 여기까지 오게 되었는가? 단지 내가 그걸 안다 모른

다가 뭐 그리 중요한 문제라고?"

급하다면 급하다 할 수 있는 무림맹의 상황이었다.

그런 무림맹의 상황을 뒤로 젖혀두고 먼 길을 달려 이곳까지 올 정도면 상당히 중한 문제였을 것이다.

그래서 이해가 안 됐다.

그게 왜 그리도 중요한 문제인지.

"말해줄 수 있겠나?"

듣고 보면 알 터였다.

"처음엔 별 뜻 없이 듣고 있던 대화였습니다. 그러다 문득 세 가지가 귀에 밟혔습니다."

"세 가지라?"

"네. 첫째는 무림이라 하는 곳이 있다고 들었다는 말, 둘째는 탈인, 그리고 마지막이 소요상운경이었습니다."

"그것이 왜 그토록 귀에 걸렸던고?"

"무림이라고 지칭하는 것과 무림이라 하는 곳이 있다고 들었다는 것은 많은 차이가 있습니다. 당금의 사람들에게 무림과 강호, 그리고 천하는 그리 쉽게 구분되는 것이 아닙니다. 물론 넓은 천하 속에 무림강호가 들어 있겠지만, 무림이란 곳이 천하 그 어딘가에 따로 존재하는 것은 아니지요."

"그렇지."

"그런데 제갈무후는 무림이라는 곳이 있다고 들었다고 했습니다. 아시다시피 그때나 지금이나 무림강호는 두루 통용

되던 말이 아니었겠습니까? 제갈무후라고 해서 별달리 그것
에 대해 잘 모르지는 않았을 테구요. 그래서 의혹이 생겼습니
다. 그가 말한 무림과 우리가 널리 쓰는 무림이란 말 사이에
어떤 차이가 있을까?"

"억측이 아닐까?"

설운이 고개를 저었다.

"아닐 겁니다. 제가 혈령동에서 읽었던 무림강호에 대한
책자들의 내용을 떠올려 보면 제가 하는 생각이 맞다는 확신
이 있습니다."

설운이 마신궁 혈령동에 있을 때, 마신궁은 예비 혈령들을
위해 많은 책을 준비해 두었다.

주로 무공 비급이었고, 일부 인물이나 문파에 대해 언급하
는 책들도 간간이 있었지만 개중엔 강호대소사를 정리해 놓
은 일종의 무림역사서 또한 들어 있었다.

그 속에 옛날 무림에 대한 얘기도 있었다.

"난세였습니다. 천하가 전쟁의 참화에 휩쓸려 끝도 없이
싸우고 죽이던 혼란의 시대였지요. 무림인이라고 다르지 않
았습니다. 손에 칼을 쥔 자 대부분이 타고난 지역이나 성향에
따라 위나 촉, 혹은 오에 몸을 의탁해 그들의 무사가 되어 전
쟁터로 나아갔습니다. 그러나 모두가 그런 것은 아니었습니
다. 명예나 명분, 혹은 출세가 아니라 무(武)를 통해 진정한
도(道)를 추구하던 일부 무인이 있었고, 그들은 속세를 등지

고 산으로 숨어들었습니다. 저는 당대의 무림이란 바로 그들이 사는 세상을 일컫던 말이 아니었을까 생각했습니다."

"제갈무후가 말한 무림이란 산으로 숨어든 은자(隱者)들을 일컫는다?"

"그렇습니다."

"흐음……. 그럼 탈인은 또 왜?"

"사람의 무공이 극에 달해 더 이상 오를 곳이 없을 때, 그는 사람이되 사람이 아닌 자가 되니, 이를 일컬어 탈인(脫人)이라 한다. 제갈무후께서 하신 말씀입니다. 혹 떠오르는 것이 없으십니까?"

"떠오르는 것이라?"

다문륜이 잠시 입을 다문 채 곰곰이 생각에 잠겼다.

하나 딱히 떠오르는 것은 없었다.

사실 새삼스레 듣는 말도 아니었다.

무공의 경지를 논할 때 흔히 나오는 표현이었으니.

"가만, 조화경?"

갑자기 뭔가가 떠오른 듯 다문륜이 한마디를 내뱉었다.

설운이 고개를 끄덕였다.

"그래, 조화경이야. 제갈무후가 말한 탈인의 경지는 곧 조화경을 일컬음이야. 잠깐, 그렇다면?"

다문륜이 뭔가를 눈치챈 모양이었다.

—탈인에 이른 자가 더욱 정진하여 어느 날 마지막 남은 오욕(五慾)과 칠정(七情)마저 사라지고, 마침내 지상의 속박에서 벗어나 사람이 갈 수 없는 지극히 높은 곳에 이르게 된다면…….

"그 위의 경지가 있단 말인가?"
"그게 제가 드리고 싶은 말씀이었습니다."
"조화경을 넘어서는 경지가 있단 말이지. 그걸 소요상운경이라 하고……."
　다문륜이 정색을 했다.
"사부는 조화경에 이르렀네. 그것은 확실하지. 당대, 아니, 그 이전에도 사부 이상의 성취를 보인 자는 들어본 적이 없으니. 하나."
"사부는 소요상운경에 이르지는 못했지요."
"그래, 적어도 그에겐 하나의 욕망이 남았으니 말이야. 그렇다면?"
　다문륜은 그제야 설운이 자신을 왜 그리도 급히 찾았는지를 알게 되었다.

　—제가, 사부가 되는 것이군요.
　—그럴 게야.
　—그게 무슨 의미가 있을까요?

설운은 고민을 했을 것이다.

혹시 그가 파령기를 갖게 되어 사부를 물리친다 해도, 모든 문제가 다 해결되는 것은 아니었다.

사부를 물리친 그는 다시 새로운 사부가 될 것이고, 더러운 저주의 수레바퀴는 대를 이어 영원히 흘러갈 것이니 말이다.

"그 위를 보는가?"

"네. 저는 그 위를 보고 있습니다. 파령금쇄신마공이 아니라 그보다 더 높은 곳을 바라보고 있습니다. 그렇다면, 만약 제가 그리될 수만 있다면, 사부, 혹은 사부 이전부터 내려오던 악의 굴레를 모두 벗어버릴 수도 있겠지요."

"가능하겠는가?"

"일단은 방법이 생겼다는 것이 중요합니다. 가능하고 안하고는 하늘에 달린 것. 전 희박하나마 일말의 가능성이라도 생겼다는 데 의의를 두고 싶습니다. 그리고 어쩌면 그 가능성은 더 커질 수도 있구요."

"그래, 그럴 수도 있겠지."

다문륜이 고개를 끄덕이며 설운의 말에 긍정의 뜻을 전했다.

"그럴 수도 있을 게야."

그러나 마냥 희망에 부풀어 있을 수도 없었다.

"한데 말일세. 소요상운경도 문제지만 그 이전에 먼저 현실적인 부분부터 생각해 봐야 하지 않을까?"

다문륜은 사부가 정해놓은 기한을 생각했다.

사부가 말한 날짜는 이제 일 년도 채 남지 않았다.

소요상운경은 뒤로 물린다 하더라도, 어쨌든 일 년 안에 파령기를 얻어야만 했다.

'가능할까?'

오백 년이 지나도록 얻은 자가 없었다.

아무리 설운의 자질이 좋아 가능성이 높다 해도 시간이 무한정 주어진 게 아니었다.

당연한 걱정이었다.

"파령기를 말씀하시는군요."

"일 년도 남지 않았어."

"걱정 마십시오."

"그래, 나도 자네를 믿어. 그러나 걱정이 될 수밖에 없어."

"어르신."

설운이 다문륜을 불렀다.

"저를 보십시오."

설운이 다문륜과 눈을 마주쳤다.

"이것이 지금의 저입니다."

말을 하는 설운의 눈동자가 조금씩 흐려지기 시작했다.

흑요석처럼 검게 빛나던 두 눈동자가 점점 빛이 바래더니, 이윽고 아무런 빛도 들어 있지 않은 투명한 눈동자로 변해 버렸다.

서역의 장인이 온 정성을 다해 만든 유리알처럼 영롱한 빛으로 반짝이는 투명한 눈동자.

"자네!"

파령기의 증거였다.

"익혔는가?"

"예, 그러나 아직 완전하진 않습니다."

설운의 눈동자가 원래 색으로 돌아왔다.

"파령금쇄신마공을 익혔습니다. 파령기도 얻었구요."

"파령기를 얻었다고? 세상에!"

다문륜이 기뻐하며 반색을 했다.

설운이 고개를 저었다.

"그러나 아직은 모자랍니다. 확인해 보진 못했지만 그런 느낌이 듭니다. 제가 가진 파령의 기운으론 사부에게 큰 해를 입힐 수는 없을 겁니다."

"그래도 모르잖은가?"

"아닐 겁니다."

설운의 고갯짓을 보는 다문륜의 얼굴에서 기쁨의 감정이 급격하게 실망으로 바뀌었다.

수준의 차이.

단지 파령기를 익히는 것으로 다가 아니었다.

지금의 설운은 사부를 물리치기 위한 최소한의 조건만을

갖춘 상태였다.

좀 더, 아직은 좀 더 가야 했다.

하지만 그게 어디냐.

다문륜은 그렇게 생각했다.

막연하지도 불가능하지도 않은 길이었다.

이제까지의 길이 앞을 볼 수 없는 어둠의 길이었다면, 이제
부터 걷는 길은 적어도 손에 작은 반딧불 하나는 쥐고 있는
상태이지 않겠느냐.

그렇게 생각하니 내려앉았던 가슴이 조금 회복되는 기분
도 들었다.

'그래, 적어도 희망은 보지 않았는가? 그거면 됐어. 암, 그
렇고말고.'

그래, 희망을 보았다.

그거면 된 거지.

*   *   *

다문륜의 처소를 나선 설운은 무림맹을 향해 길을 나섰다.

그리고 틈이 날 때마다 명상에 빠져 들었다.

소요상운경.

그 하나의 목표를 향해서 말이다.

설운은 모든 것을 처음부터 되짚어 보았다.

처음 칼을 쥔 날부터 현재까지 지난 모든 날을 되새겨 보았다.

그리고 마침내 파령금쇄신마공이라는 무공의 명칭에까지 생각이 이르렀다.

破靈禁碎神魔功[파령금쇄신마공].

이름이란 함부로 붙이지 않는 법이다.

어떤 대상에 특정 이름을 붙인다는 것은 그 대상의 본성과 본질을 파악했다는 뜻이다.

바꿔 말하면, 대상의 근원적 본질과 특성은 그것의 이름을 통해 알 수 있다는 뜻이기도 하다.

설운은 처음으로 파령금쇄신마공의 명칭을 들여다보기로 했다.

사실 예전 설운에게 무공의 명칭은 중요하지 않았다.

그것이 사부를 막을 수 있는 유일한 방법이란 사실이 중요했지, 그것의 명칭이 어떻게 지어졌는가는 별로 중요하지 않았다.

그러나 지금의 설운에게 파령금쇄신마공이라는 무공명은 새로운 의미로 다가왔다.

무공을 창안한 이의 의도가 그 안에 담겨 있기 때문이었다.

일곱 글자를 나누어보았다.

破[파] 靈[령] 禁[금] 碎[쇄] 神[신] 魔[마] 功[공].
깨뜨리다. 영혼. 금하다. 부수다. 신. 마. 무공.

이어 적절한 글자끼리 묶어보았다.

破靈[파령] 禁碎[금쇄] 神魔[신마] 功[공].
영혼을 깨뜨리다. 금하고, 부수다. 신마. 무공.

破[파] 禁[금] 碎[쇄] 功[공].
이 네 자의 의미는 명확했다.
깨뜨리고, 금하고, 부수는 무공이란 뜻은 변하지 않을 터였
다.
문제가 되는 것은 나머지 세 글자.

靈[령] 神[신] 魔[마].

그것이 모두 같은 대상을 의미하는지, 아니면 각각이 독립
된 대상을 의미하는지를 구분해야 진정한 뜻을 파악할 수 있
다.
영혼과 신과 마?
혹은 영혼과 신마?

'어떻게 묶어야 하나?'

그것부터가 문제였다.

'신과 마. 천룡대강기와 혈령마기.'

우선 드는 생각은 그것이었다.

각각 생성의 기운과 파괴의 기운을 지닌 두 상반된 기운을 혹시 신과 마로 표현하진 않았을까?

모순된 두 기운을 동시에 내포하고 있는 파령금쇄신마공의 특징을 생각해 보면 일견 타당해 보이기도 했다.

그러나 글자의 배열이 문제였다.

'破靈[파령] 禁碎神魔[금쇄신마] 功[공]' 과 '破禁碎[파령금] 靈[쇄] 神魔[신마] 功[공]' 은 의미가 다르다.

파령금쇄신마공은 깨뜨리는 대상과 금하고, 부수는 대상이 다른 뜻을 띠고 있었다.

영혼을 깨뜨리고 신마를 금하고 부수는 무공과 영혼을 깨뜨리고, 부수고, 금하는 신마의 무공은 근본적으로 뜻이 달랐다.

파령금쇄신마공은 글자 배열이 '神魔[신마]' 를 금하고, 부수어야 했다.

천룡대강기와 혈령마기를 신마로 본다면, 배열이 주는 의미상 말의 앞뒤가 맞지 않았다.

배열상 '神魔[신마]' 가 천룡대강기와 혈령마기를 의미할 수는 없었다.

영혼을 깨뜨리고 신마를 금하고 부수는 무공.

의미는 이것이 맞았다.

*　　　*　　　*

不在[부재].

무림맹 내에 있는 세가 간자로부터 소식이 날아들었다.

신검 운경의 부재를 알리는 전언이었다.

전언을 들은 백리현은 바로 상급 무사들을 소집했다.

행동에 나설 절호의 기회라고 판단한 것이었다.

"맹주를 치겠습니다."

백리현이 세가 무사들에게 자신의 생각을 전했다.

"성급한 판단이 아니겠소이까? 아시겠지만 맹주는 우내팔
존의 일인이외다. 장손의 경지가 높음은 나뿐만 아니라 이 자
리에 있는 우리 모두가 잘 아는 사실이지만, 그래도 염려가
됨은 어쩔 수 없구려."

세가 무인 중 가장 나이가 많은 백리상(白里像)이 우려를
표했다.

"마음을 굳혔습니다. 고견(高見)은 감사하나 결과는 바뀌

지 않습니다."

백리현의 입장은 단호했다.

운경이 언제 돌아올지 모르는 일이었다.

지금부터는 시간과의 싸움, 백리현은 운경이 없는 이때야
말로 자신에게 주어진 처음이자 마지막 기회라고 생각했다.

고견이 고수이지만, 비벼볼 만하다고 생각했다.

그러나 운경이 온다면 그나마 비벼볼 언덕도 사라지게 된
다.

절대 놓칠 수 없는 기회였다.

백리현의 생각에 이견을 보이는 몇몇 무인의 조언이 있었
다.

하지만 백리현은 그들의 말을 모두 잘라 버렸다.

"결정은 이미 내렸소. 더 이상 토를 달지 마시오. 이 자리
엔 명(命)이 있고 복명(復命)이 있을 뿐, 다른 그 어떤 말도 용
납하지 않겠소."

백리현의 어투가 바뀌었다.

의지가 확고했다.

'넘어서는 안 될 선을 결국 넘어서려는가?'

양효명은 답답했다.

뻔히 보이는 잘못된 길이었다.

제발 일어나지 않길 바랐던 일이 일어나고 있었다.

말려야 했다.

하지만 무언가에 홀린 듯 맹목적이 되어버린 세가 장손은 자신뿐만 아니라 그 누구의 말도 들을 생각이 없어 보였다.

안타까워하던 양효명의 눈이 잠깐 백리현의 눈과 마주쳤다.

아주 잠깐 마주했던 백리현의 눈이 무심히도 양효명을 외면했다.

양효명은 고개를 숙였다.

나오는 한숨은 최대한 억제하면서…….

'제길.'

양효명이 속으로 욕지기를 내뱉었다.

백리현이 그런 그의 모습을 가만히 보고 있었다.

양효명의 마음을 읽지 못한 건 아니었다.

양효명뿐만 아니라 이 자리에 있는 세가 무사들 전부가 어떤 마음으로 자신을 보고 있는지 잘 알고 있었다.

그러나 선택의 여지가 없었다.

─무림맹을 쳐라.

그가 남긴 한마디 말.

냉수 한 잔을 청하듯 쉽게 내뱉은 그 짧은 한마디가 얼마나 어마어마한 내용을 담고 있는지 분명 그도 잘 알 텐데, 그는 너무도 태연자약했다.

이유를 물어볼 수도, 가부를 판단할 수도 없었다.

절대적인 복종을 강요하는 그의 앞에서 백리현이 할 수 있던 행동이란 가만히 허리를 숙이는 것뿐이었다.

싸움에 승산이 있다 없는 차후의 문제였다.

그가 시키니 따라야 했다.

자신이 죽든 살든, 세가가 망하든 말든, 그가 말을 던진 이상 백리현은 무조건 따라야 했다.

그게 무림맹이란 불에 섶을 지고 뛰어 들어가는 짓이라 해도 말이다.

"일각 후 무림맹 맹주전을 칠 것이오. 선봉은 내가 설 것이오. 여러분은 만약을 대비해 내 주변을 지켜주시오."

"존명."

"존명."

세가 무사들이 고개 숙여 명을 받았다.

속으로 무슨 생각을 하든 그들은 세가 무사들이었고, 백리현은 가주로부터 모든 권한을 일임받은 세가의 장손이었다.

항명을 하지 않는 이상, 따라야만 하는 명이었다.

세가 무사들이 나가고 실내엔 백리현 혼자만이 남았다.

끼이익.

경첩이 울리는 소리와 함께 백리소군이 실내로 모습을 드러냈다.

"결국 일을 벌일 생각이시군요."

백리현이 고개를 끄덕였다.

"승산은요?"

"지금 상황이라면 반반."

"운경이 온다면?"

"의미 없는 질문이구나."

실패한단 뜻이었다.

"자신 있으세요? 운경이 없다 해도 오라버니께서 상대해야할 자는 고죽검 고견이에요."

"선공의 묘를 살린다면⋯⋯."

가능성이 있을지도 몰랐다.

백리현의 눈빛이 반짝 빛났다.

사실 그것만으로도 대단한 것이었다.

만약 다른 누가 그의 말을 듣는다면 상당히 놀랄 일이었다.

아무리 위명이 예전만 못하다 해도 고견은 우내팔존의 일인이었다.

입신지경에 발을 들여놓은 절대지경의 고수.

우내팔존 대부분이 죽고 없는 지금, 고견은 신검 운경 정도를 제외한다면 천하에 적수가 없는 절대강자라 볼 수 있었다.

백리현이 문무겸전의 천고기재로서 백리세가의 부흥을 실질적으로 이끈 인물이라 할 수 있었지만, 채 서른이 되지 않은 그가 고견과 검을 겨룰 수 있으리라고 생각하는 사람은 아무도 없을 것이었다.

"그가 삼화경의 고수라지만, 나 역시 삼화경에 올라 있다. 경험과 연륜이 부족하지만 무조건 밀리지는 않을 것이다."

타고난 자질에 마각의 비각에서 얻은 수많은 비급과 영약이 백리현의 경지를 단숨에 끌어 올렸다.

"더구나 나는 그자와 생사결을 하지는 않을 것이다. 이길 가능성이 있으면 모르되, 상황이 조금이라도 여의치 않으면 몸을 빼낼 것이다. 그러니 너는 너무 걱정 말아라."

물불 가리지 않고 무작정 덤비겠다는 뜻이 아니었다.

백리현은 나름 생각하고 움직이는 것이었다.

적어도 다급한 마음에 앞뒤 재지 않고 나서는 행보는 아닌 모양이었다.

백리소군의 입장에선 조금은 안심이 되었다.

압박감에 마구잡이로 행동하는 것은 아니었으니 말이다.

"그래도 조심하세요."

하지만 당부의 한마디를 덧붙이는 것은 잊지 않았다.

"염려 말아라. 이 오라비도 다 생각이 있어 하는 것이니."

백리현이 고개를 끄덕이며 백리소군을 다독였다.

"막연했지만, 이제는 조금 앞이 보인다. 내가 어찌해야 할지도 잡히고."

백리현의 표정이 조금 밝아졌다.

밤새 심경의 변화라도 생긴 것인지 말투에 여유도 보였다.

지난 며칠과는 확연히 다른 얼굴이었다.

"밤새 무슨 일이라도 있으셨어요?"

백리소군이 그것을 느끼고 물어보았다.

"왜 그러느냐?"

"오라버니의 표정이 밝아 보여서요."

"하하, 그러냐?"

웃음까지 터뜨리는 백리현이었다.

잃었던 여유를 되찾은 모양새였다.

"사실 너도 알다시피 내가 고민이 많았었다. 이곳에 오기 전에도, 오고 나서도……. 그렇게 며칠을 생각해 봤다. 어떻게 해야 할까? 참 답이 없는 문제였었지. 그러다 생각을 해보았단다. 그가 왜 나를 살려주었을까? 알아선 안 될 일을 내가 알게 되었을 때, 그는 분명 나를 죽이려 했었는데 말이야."

─너는 보아선 안 될 것을 보았고, 알아선 안 될 일을 알았다. 그 대가는 죽음.

떠올리기만 해도 온몸에 소름이 돋았다.

"그가 나를 죽이는 것은 손바닥 뒤집는 것보다 쉬운 일이다. 그렇다고 내 목숨이 그에게 딱히 가치가 있는 것도 아니고. 그래서 고민했었지. 그가 나에게 진정 원하는 것이 무엇인지를……."

"그래서 오라버니의 생각은 무엇인가요?"

"흑도련이 멸망했다는 소식은 들었겠지?"

"네, 오라버니."

"그의 짓이다. 당금 천하에 그가 아니고서야 누가 있어 그 토록 단숨에 흑도련을 무너뜨릴 수 있겠느냐?"

"저도 그렇게 생각하고 있어요."

"왜 그가 흑도련을 쳤을까? 천하를 욕심내서? 때문에 흑도 련이 천하일통을 방해하는 적이라서? 아니다. 아무리 흑도련이 중원의 절반을 지배하는 세력이라 해도 그의 앞에서는 아무것도 아닌 미약한 존재일 뿐이다. 그것은 무림맹도 마찬가지이지. 만약 그가 무림맹을 무너뜨리겠다고 마음먹었다면 이미 무림맹은 그 자취가 사라지고 없을 것이다. 그는 그만한 힘이 있고, 그것이 가능한 절대강자이다. 누구도 막을 수 없는 절대강자……."

백리현은 자신이 하후영의 수하로서의 역할도 할 수 없는 존재란 걸 잘 알고 있었다.

하후영에겐 누구도 필요 없었다.

혼자서도 능히 천하를 군림할 수 있는 존재가 바로 하후영 이었다.

"그는 왜 나를 살려주었을까? 그는 왜 나에게 무림맹을 치라고 명령했을까? 며칠을 생각해 보니 답이 나오더구나."

"그게 뭔가요?"

"유희."

"유희?"

"그래, 유희. 그는 즐기고 있는 게다. 인간들이 서로 싸우고 죽이고 물어뜯는 꼴을. 피를 흘리고 비명을 지르고, 마치 지옥처럼 아비규환에 빠진 천하 만생들의 모습을 즐기고 있는 게다. 그는 악마다. 악마 같은 자가 아니라, 그가 바로 악마다."

목소리가 높아졌다.

약간 흥분된 마음으로 얼굴이 상기되어 있었다.

백리현이 자리에서 일어섰다.

"후우."

숨을 골랐다.

차분해지려 애를 썼다.

붉었던 얼굴이 다시 원색을 회복하기까지는 그리 오래 걸리지 않았다.

"천하 혼란!"

백리현이 말을 다시 이어갔다.

"그가 나에게 바라는 것은 천하의 혼란이다."

─안정은 심심하다.

평화는 지루하다.

싸워라.

죽여라.

그리고 덤벼라.

"그는 내가 무림맹을 어찌할 수 있을 거라고는 생각지 않을 것이다. 애초에 그럴 기대도 없었겠지. 다만, 내가, 백리세가가, 무림맹에 덤비는 것으로 강호에 또다시 평지풍파가 일어나길 바랄 뿐일 게다."

"그럼 이제 어떡하시려고요?"

"그래서 또 생각했지. 그럼 나는 어떡해야 할까?

백리현의 눈동자에 빛이 어렸다.

"기억나느냐? 너와 내가 했던 말들. 언제고 온 천하가 우리 앞에 무릎을 꿇고 조아리게 만들겠다던 말들."

"기억해요."

"난, 여전히 그 꿈을 버리지 않았다. 아니, 오늘에서야 더욱 확신하게 되었지. 난 꼭 천하무림의 지배자가 될 것이라고."

"그가 있어요."

"그는 무림 정세엔 관심이 없다. 있었다면 오백 년이 흐르도록 무림을 가만 내버려 두진 않았겠지."

"신검은요?"

"어차피 신검은 그의 몫이다."

"그가 신검을 맡는다고요?"

"그래. 난 그가 신검을 언급할 때의 표정을 봤다. 마치 먹잇감을 앞에 둔 맹수와 같은 표정이었어. 사납고, 잔인한 표정. 장담컨대 신검은 그자의 몫이 될 거야."

"그렇다면?"

백리소군의 표정이 바뀌었다.

그늘졌던 얼굴에 화사함이 살아나고 있었다.

"변한 건 없다. 어쩌면 상황이 더 좋아졌는지도 모르지."

백리현의 얼굴이 번들거렸다.

안면 가득 떠오르는 것은 숨길 수 없는 야망이었다.

"난, 최고가 될 것이다."

백리현이 욕망이 가득한 눈빛으로 백리소군을 바라보았다.

"천하제일의 자리에 오를 것이야."

백리현이 다짐하듯 두 주먹을 불끈 쥐었다.

"꼭 그렇게 될 거예요."

백리소군이 화사한 미소로 응답했다.

그곳에 또 하나의 욕망에 가득 찬 얼굴이 있었다.

제5장

망(亡), 그리고…

　백리현이 있던 숙소로부터 일단의 무리가 비밀리에 밖을 나섰다.

　주위의 눈을 의식해서인지 그들의 행동은 극히 은밀하고 조심스러웠다.

　숙소를 나선 무리는 서넛의 무리로 다시 갈라져 밤의 어둠 속으로 사라져 갔다.

　　　*　　　　*　　　*

　무림맹 외벽은 높이가 약 오 장, 너비가 일 장 반 정도 되었다.

낮다고 할 순 없지만 일정 수준 이상의 무인들에겐 아무 거리낌이 없는 높이였다.

깊은 밤, 백리현을 비롯한 백리세가의 무사들이 주변을 지키는 눈들을 피해 조용히 외벽을 넘고 있었다.

적지 않은 인원이 있었지만 백리현 일행의 무공 수위가 원체 높아 누구도 그들의 은밀한 침투를 눈치채지 못했다.

외벽을 넘은 백리현 등은 오가는 눈들을 피해가며 맹주전을 향해 갔다.

백리현이 선두에, 그리고 나머지가 뒤를 따르는 형태였다.

*   *   *

삼색의 오묘한 광채가 석실을 가득 비추고 있었다.

한순간, 인세의 것이 아닌 듯 휘황하게 빛나던 빛의 무리가 바람이 휘몰아치듯 회오리치더니 어느 한곳을 향해 모여들었다.

모여들던 빛은 광채를 너하며 급속히 빨려 들어갔다.

빛이 사라졌고 석실이 어둠에 잠겼다.

번쩍!

그리고 석실에 앉아 있던 누군가의 눈이 떠졌다.

일렁이는 광망.

눈으로 마주 보기 힘들 만큼 강렬한 삼색의 영롱한 빛이 눈 자위를 맴돌았다.

'쥐새끼들.'

고견의 몸이 앉은 자세 그대로 서서히 공중으로 떠올랐다.

*　　　*　　　*

[멈춰!]

맹주전을 향해 가던 백리현이 급히 일행을 멈춰 세웠다.

[무슨 일이시오?]

[아무래도 들킨 것 같습니다. 돌아가야겠습니다.]

[뭣이라?]

[돌아갑니다. 오늘 일은 실패입니다.]

백리현이 일행의 발걸음을 재촉했다.

그는 느낄 수 있었다.

저 어둠 너머 자신을 보는 눈을.

자신과 일행이 맹주전 가까이 접근하는 순간, 일행을 향한 강한 적의가 전해져 왔다.

'들켰군.'

암습은 실패다.

조심한다고 했지만 그의 이목을 피하는 데는 실패했다.

고견은 그가 생각했던 이상의 고수였다.

다른 기회를 엿봐야 할 것 같았다.

'혼자 왔어야 했어.'

백리현이 후회를 했다.

백리현 자신은 괜찮았지만 뒤를 따르는 세가 무인들이 문제였다.

고수의 기감에 너무 빨리 노출된 것이었다.

물론 어느 선 이상은 다가가기 힘들 것이란 예상은 했었다.

하나 고견의 능력은 백리현의 예상치를 한참 뛰어넘고 있었다.

무림맹 내부에 적당한 혼란을 주고자 일행을 데려왔는데, 시작도 전에 들키고 말았다.

'할 수 없지.'

백리현이 미련을 털어냈다.

아쉽지만 돌아갈 수밖에.

더 이상의 전진은 무모한 일이었다.

날은 오늘만 있는 게 아니었다.

파악!

그 순간, 백리현 일행을 중심으로 주변이 훤해졌다.

마치 기다리고 있었기라도 한 듯 일행 주변을 횃불이 둘러 쌌다.

'이런.'

또 한 번 예상 밖의 상황이었다.

'이렇게 빨리?'

백리현을 비롯한 십여 명의 세가 무사가 밝혀진 횃불 아래 모습이 드러났다.

마치 미리 계획되어 있던 행사처럼 정확한 장소에 배치되어 있는 횃불들이었다.

환히 밝혀진 횃불 아래로 적의가 느껴졌다.

보나마나 무림맹 무인들일 게 뻔했다.

'배신자가 있었단 말인가?'

그렇지 않고서야 어찌 이리도 정확하게 자신들의 동선을 예측할 수 있었을까?

백리현이 의혹에 가득 찬 눈빛으로 일행을 둘러보았다.

그러나 그들 중 누구도 배신자라 단정하긴 힘들었다.

그들 모두가 동료이기 이전에 가족이었다.

'백리' 라는 성씨 아래 피를 나눈 혈육들.

요당도 아니고, 무림맹의 간자가 저들 가족 중에 끼어 있으리라고는 도저히 상상할 수 없었다.

'그럼 대체?'

백리현의 눈동자에 의혹이 가시지 않을 무렵, 둘러싼 횃불 중 하나가 조금 앞으로 다가섰다.

주황빛으로 일렁이는 횃불 아래로 청수한 얼굴의 중년 문사가 보였다.

제갈문이었다.

"백리 소협, 오랜만에 뵙소이다."

제갈문이 미소 띤 얼굴로 백리현에게 인사를 했다.

정중하고도 깍듯한 인사였다.

제갈문이 아주 예전에 보았던 백리현의 얼굴을 기억하고 있던 모양이었다.

'제갈문. 그였구나'

무림 최고의 두뇌로 일컬어지던 제갈문이었다.

아무래도 오늘 이 행사의 주인공은 그였던 모양이었다.

"한데 소협, 이 야밤에 무슨 일로 이렇듯 야행을 나오셨소이까?"

제갈문의 세 치 혀가 뻔한 일을 물었다.

백리현은 달리 답을 주지 않았다.

그에게 당장 중요한 일은 답이 아니라 빠져나갈 방도였다.

제갈문이 백리현의 궁리를 눈치챘는지 말을 덧붙였다.

"허튼 행동은 하지 마시오."

대화를 나누는 사이, 무림맹의 정예들이 횃불이 밝혀진 곳으로 속속 몰려들고 있었다.

그 수만 대략 잡아도 기백이 넘었다.

백리현 자신은 모르되, 같이 온 일행이 빠져나갈 구멍은 보이지 않았다.

꼼짝없이 함정에 빠져 버렸다.

"어찌 알고 기다리고 계시었소?"

"허허, 솔직히 알고 기다린 건 아니외다. 그저 미리 이런저런 준비를 하고 있었을 뿐."

"이런저런 준비치고는 꽤나 잘 갖춰져 있습니다?"

"운이 좋았던 게지요."

말은 그렇게 하지만 절대 그럴 리가 없다는 것을 백리현은 잘 알고 있었다.

제갈문이라는 작자가 절대 허투로 일 처리를 할 사람이 아니라는 것은 온천하가 다 아는 사실이었다.

"솔직히 내가 맡은 일이 무림맹의 군사라 이런저런 방책을 모색하긴 했었소. 과연 백리세가의 젊은 장손이 어떤 식으로 맹에 힘을 쓸까 하고 말이오. 전면전도 생각했고, 설마 했지만 그래도 몰라 야습에 대한 준비도 했다오. 허허, 그래도 명색이 거대 세가인데 정말 야습을 해올지는 몰랐지만 말이오. 허허허."

혀에 붙은 칼이 사정없이 백리현의 자존심을 후벼 팠다.

"예상을 한 이상 준비는 어렵지 않았소이다. 소협의 능력과 맹주님의 능력을 고려해 동선을 짜면 되었으니. 물론 소협에 대해 자세히 일러준 이가 있어서 큰 도움이 되었지만 말이오."

설운을 얘기하는 것이었다.

"소협의 침입이 있고, 맹주께서 그 사실을 아신다면 그것이 과연 어디쯤에서일까? 고민하니 답이 나오더이다."

실로 놀라운 두뇌요, 예측이었다.

'나에 대해 자세히 일러준 이가 있었다?'

백리현의 얼굴이 굳었다.

"배신자가 있었단 말이오?"

"아니오, 아니오. 배신자라니. 얼토당토않은 말씀이외다. 소협 스스로가 자신의 동료를 믿지 못하신단 말씀이시오?"

"그럼 대체 누가?"

말을 하면서도 이상하긴 했다.

백리현의 정확한 능력은 철저하게 비밀이었다.

심지어 가주도 몰랐다.

그나마 근사치에 가깝게 아는 이가 백리소군이었으니.

"죄송하오. 말씀드리기가 곤란한 질문이오."

설운을 이야기할 필요는 없었다.

시시콜콜히 다 밝힐 이유도 없었고.

"소협, 말은 이쯤하고 이제 그만 검을 버리시오. 보아서 알겠지만 형세가 소협에게 매우 불리하오."

제갈문이 의미없는 대화를 중단하고 백리현에게 투항을 권유했다.

십여 명의 세가 무사 주변으로 거대한 인의 장막이 펼쳐졌다.

뒤가 잘 보이지 않을 정도로 몰려든 무림맹 무사들.

날개가 있어 허공을 날아가지 않는 이상 달아날 길은 보이지 않았다.

"저들로 나를 위협하시는 게요?"

백리현이 지지 않겠다는 듯 기세를 올렸다.

"아니오. 그럴 리가. 알지 않소이까? 소협을 상대할 분은 따로 있다는 걸."

'고견.'

갈수록 첩첩산중이었다.

세가 무사들이 저 인의 장막을 뚫고 이곳을 벗어나는 것은 거의 불가능한 일이었다.

자신이 나서 길을 뚫어준다면 혹 모르겠지만, 처음 느낀 적의가 고견의 것이 맞다면 그것도 여의치 않은 일이 될 게 분명했다.

아무래도 모두가 무사히 돌아가는 것은 포기해야 될 듯싶었다.

'으득.'

시작도 전에 일을 그르치니 마음이 불편했다.

고견만 생각하고 다른 이를 경시했던 것이 실수였다.

고견뿐이었다면 실패했어도 피해는 없었을 것이었다.

그러나 제갈문이 개입되자 세가 무사들의 생사 문제가 걸려 버렸다.

남는 게 없는 완전한 실패처럼 보였다.

'하나.'

백리현은 낙담하지 않았다.

그렇다고 일이 완전히 틀어진 것은 아니었다.

어차피 목적은 고견의 목이 아니라 안정을 뒤흔드는 혼란이었다.

안타깝지만 자신만이라도 살아 돌아갈 수만 있다면 무림맹을 흔들고, 나아가 강호를 진동시키려던 원래 목적엔 어느 정도 부합할 수 있을 것이었다.

마음에 걸리는 것은 세가 무사들.

'할 수 없지.'

백리현은 냉정하게 그들을 버리기로 했다.

'잔정에 이끌려 대사를 그칠 수는 없다.'

백리현의 판단은 빨랐다.

냉정하지만 옳은 판단이라 생각했다.

그리고 세가 무사들을 살리려면 모르겠으나, 버리기로 심중을 굳히니 길이 보이는 듯했다.

'영웅이란 피의 바다와 시체의 산 위에서 탄생하는 법.'

아쉽지만 그 수밖엔 없었다.

마음을 굳힌 이상 행동은 빨라야 했다.

퍼엉!

북 터지는 소리가 들리는 듯했다.

마음을 굳힌 백리현이 내기를 방출한 것이었다.

퍼버벅!

갑작스레 터져 나온 삼화경의 공력에 주변이 아수라장이 되었다.

무림맹 무인들은 물론 세가 무사들까지 피를 토하며 쓰러지는 이가 속출했다.

백리현을 중심으로 이 장여의 공간이 순간적으로 비워졌다.

백리현이 검을 뽑음과 동시에 신형을 허공으로 띄웠다.

백리현의 몸이 은은한 광채에 휩싸이면서 섬뜩한 예기가 피어났다.

닿기만 해도 베어버릴 듯한 매서운 기운.

'어차피 이리된 것.'

제대로 판을 벌려볼 생각이었다.

백리현은 생각했다.

자신의 일검이면 적어도 수십 명은 죽거나 다칠 것이다.

그렇게 함으로써 백리현의 인생을 건 한판 승부가 시작되는 것이다.

쌓아왔던 무명(武名)은 바닥을 칠 게 분명하다.

어쩌면 돌이킬 수 없는 오욕을 뒤집어쓰게 될지도 모른다.

하지만 백리현은 갈등하지 않았다.

영웅이란 과정이 아니라 결과의 산물이다.

지금 수십, 수백을 죽인다 하더라도, 마지막 최후의 정점에 자신이 서 있기만 한다면 지난 오욕은 사라지고 영웅에 대한 찬사만 남을 것이다.

당장의 걱정은 고견에 있지, 땅에 떨어질 이름에 있지 않았다.

'그가 오기 전에.'

일검을 친다.

혼란한 틈을 타서 다시 일검을 내지른다.

적이 우왕좌왕하는 사이 자신은 몸을 뺀다.

동료는 잡히거나 죽겠지만 이미 떠난 마음이었다.

최대한 죽이고 자리를 떠난다면 세상은 자신과 무림맹의 충돌로 다시 흉흉해질 것이다.

그가 원하던 혼란, 불안이 무림강호를 새롭게 덮게 되겠지.

'그다음은?'

외로운 싸움이 될 것이다.

최악의 경우 천하공적이 될지도 모른다.

하지만 결국 이기는 자는 자신이 될 것이다.

'나는 아직 젊다.'

그리고 주어진 시간은 많다.

하후영이 신검을 처리하고, 자신의 무공이 새롭게 경지에 다다른다면 천하에 누가 있어 자신을 막을 수 있으랴?

'시간은 내 편이다. 벌여볼 만한 판이다.'

백리현의 생각은 그랬다.

정수리를 누르는 막대한 압력을 느끼기 전까지는…….

　　　　　*　　　　*　　　　*

　백리현이 생각을 실천으로 옮기기 직전, 어느새 나타난 고견이 먼저 백리현에게 손을 썼다.

　육중한 경력이 담긴 고견의 검세가 백리현의 정수리 쪽으로 떨어졌다.

　"심맥을 보호하라!"

　제갈문이 다급하게 소리쳤다.

　삼화경에 이른 고견의 한 수는 가히 경천동지의 위력을 내포하고 있었다.

　넋 놓고 보고 있다가 자칫 경력에 휘말려 큰 부상을 입을지도 몰랐다.

　쿠르르르릉.

　하늘을 뒤덮는 우렛소리에 이어.

　쿠와아앙.

　거대한 폭발음이 뒤를 이었다.

　"크윽!"

　"윽!"

　미처 대비하지 못한 무인들의 짧은 비명이 곳곳에서 터져나왔다.

　단 일합의 여파로 장내는 아수라장이 되었다.

경력과 경력의 충돌이 거센 기의 파도를 일으킨 탓이었다.

우우우우웅.

공세는 한 번으로 끝이 아니었다.

고견의 검끝에서 대기를 울리는 진동 소리가 들려왔다.

전신을 뒤흔드는 거센 파동이 섬뜩한 두려움을 느끼게 했다.

쿠아아앙.

다시 폭발음이 들렸다.

흡사 하늘이 무너지기라도 하는 듯 온 세상이 요동을 쳤다.

"으윽!"

"컥!"

사방으로 폭풍이 휘몰아쳤다.

먼지 구름이 하늘로 비산했다.

폭발의 반경 안에 있던 대부분의 사람이 휘청거리거나 바닥을 뒹굴었다.

가히 경천동지의 위력이었다.

"어린 녀석이 제법이로다."

고견이 광망이 일렁이는 눈을 빛내며 허공에서 천천히 내려섰다.

오연히 아래를 내려다보는 거인과도 같은 그의 모습은 그가 왜 우내팔존의 일인(一人)인지를 명백히 보여주었다.

'큭.'

백리현의 형색은 그리 좋지 못했다.

고견이 위에서 내려친 두 번의 강한 검세에 손해를 많이 봤다.

두 다리가 무릎까지 땅에 푹 박힌 채 입가로 가는 선혈을 흘리고 있었다.

두 번의 충돌로 고견과 백리현의 우열은 쉽게 드러났다.

아무리 선공의 묘가 있었다고는 해도 둘 사이의 실력 차는 꽤 컸다.

같은 삼화경의 고수라 해도 오랜 시간을 단련해 온 고견의 경지가 보다 더 심후했던 것이었다.

고견은 멈추지 않고 다시 공세를 이어갔다.

손에 잡은 승기를 어설프게 놓아줄 고견이 아니었다.

한번 물면 절대 놓지 않는 광포한 투견처럼 고견의 공세는 강하면서도 집요했다.

앞으로 내질러진 검끝에서 해일처럼 경력이 쏟아져 나갔다.

구름처럼, 파도처럼, 넘실넘실 밀려드는 경력은 닿는 모든 것을 가루로 만들어 버릴 만한 힘이 담겨 있었다.

백리현이 급히 중단에 검을 두고 호신강기를 펼쳤다.

운신이 제한된 상태에서 최대한 자신을 보호하려 애를 썼다.

우르르르르.

검과 검이 맞닿기 전, 기와 기가 먼저 충돌했다.

밀어닥치는 경력과 막아가는 호신강기가 또 한 번 강하게 부딪혔다.

쿠왕!

"크으으!"

폭음과 비명이 동시에 쏟아졌다.

호신강기가 고견의 경력을 완전히 막지 못해 백리현이 깊은 충격을 받고 뒤로 튕겨져 나갔다.

발 아래로 밭고랑처럼 땅이 쪽 갈라졌다.

"아직 멀었느니."

고견이 검을 내지른 자세 그대로 튕겨져 나가는 백리현의 신형을 쫓아갔다.

마치 거대한 자석에 이끌리는 작은 쇠붙이처럼 고견이 백리현에게 바짝 붙었다.

참으로 신묘한 신법이었다.

'빌어먹을 늙은이. 이 정도였나?'

연이은 공세에 크게 낭패를 입은 백리현이 급히 검을 열십자로 그으며 자기 앞의 공간을 확보하려 했다.

조금의 아낌도 없이 내공을 있는 대로 다 퍼부었다.

하지만 고견은 검로 사이를 미끄러지듯 유유히 빠져나가며 다시 한 번 강한 검세를 내질렀다.

우르릉.

우렛소리가 터져 나왔다.

밤바다처럼 검푸른 검력이 넘실거리며 백리현에게 밀려들었다.

쿠앙!

"크악!"

백리현이 전신에 피를 흘리며 바닥에 나뒹굴었다.

코와 입, 귀로 피를 흘리는 모습이 적지 않은 충격을 입은 모양이었다.

"쿨럭, 쿨럭."

백리현이 바닥에 누운 채 피를 토했다.

시커멓게 죽은 피가 얼굴을 타고 흘러내렸다.

찰나의 순간에 기를 운용해 몸을 보호했음에도 상당한 피해를 입은 상태였다.

이명이 울리고 토악질이 쏟아졌다.

몸에 기운이 빠져나가면서 정신이 점점 흐려져 갔다.

완패.

부정할 수 없는 압도적인 패배였다.

고견이 표표히 허공을 날아 그의 곁에 내려앉았다.

어느 한 곳 상한 데가 없이 처음 등장할 때 모습 그대로였다.

같은 삼화경이라 해도 고견과 백리현의 실력 차이는 그만큼 컸다.

"세상이 참 만만하지?"

고견이 백리현의 목에 검을 겨누며 말했다.

"생각하면 하는 대로 다 될 것만 같지?"

빈정거리는 말투에 그의 화가 그대로 묻어났다.

"어리석은 것."

차가운 서릿발 같은 그의 말투에 주변 공기가 다 얼어붙었다.

"네놈이 지금 이렇게 죽는 이유는 오직 하나이니, 다 네가 분수를 모르고 지나치게 설쳐 댄 탓이니라. 알겠느냐?"

백리현은 대답을 못했다.

거의 정신을 잃은 그였기에 기절한 상태나 마찬가지였다.

"잘 가거라. 내세엔 부디 현명한 사람으로 태어나고."

말을 마친 고견이 손끝에 힘을 실었다.

푸욱!

검이 아무런 저항 없이 그대로 백리현의 목을 관통했다.

일체의 망설임이 없는 냉정한 손속이었다.

"끄윽."

짧은 소리와 함께 백리현의 몸이 한 번 움찔거리더니, 곧 움직임이 멈추었다.

툭.

반사적으로 들렸던 손이 바닥에 떨어졌다.

절명.

미래의 천하제일인을 꿈꾸던 야망 큰 청년이 허망한 삶을 달리하는 순간이었다.

더불어 그의 야망이 종말을 맞이하는 순간이기도 했다.

"괜찮은가?"

고견이 검을 거두고 제갈문을 찾았다.

"쿨럭, 저는 괜찮습니다."

물러섰다기보다는 뒤로 튕겨져 나갔던 무인들 사이로 제갈문이 비틀거리며 걸어 나왔다.

"많이 힘든가?"

봉두난발에 연신 기침을 해대는 제갈문이 염려스러웠다.

"쿨럭, 괜찮습니다. 갑작스런 충격에 몸이 조금 놀란 모양입니다. 걱정하실, 쿨럭, 정도는 아니니 심려 마십시오."

"그렇다면 다행이고. 자칫 큰일이 생길까 손속에 사정을 둘 수가 없었네. 이해하시게."

"잘하셨습니다."

"고맙네. 이해해 줘서."

고견이 따스한 미소를 건넸다.

"마무리는 제가 하겠습니다. 맹주께서는 그만 들어가십시오."

"괜찮겠나?"

"괜찮습니다."

그새 안으로 내기를 돌렸던지 제갈문의 안색이 조금은 더 나아 보였다.

"그럼 뒤를 부탁하네."

"네, 맹주님."

"그럼 수고."

고견이 제갈문의 어깨를 두어 번 두드려 주고는 왔던 길로 몸을 돌렸다.

[제대로 챙겨주게.]

고견이 가는 길에 다친 무인들에 대한 당부를 잊지 않았다.

꽤 많은 수의 무인이 자신과 백리현의 충돌로 피해를 입었다.

일부는 상태가 심각해 보이기도 했다.

다행히 죽은 자는 없어 보여 그나마 위로가 되었다.

[예, 맹주.]

제갈문이 떠나는 고견의 뒤를 잠시 보다가 수하들에게 장내 정리를 명했다.

큰 피해 없이 하나의 문젯거리가 사라졌기에 제갈문의 표정에 후련함이 살짝 어렸다.

*   *   *

다음 날, 백리세가가 무림맹을 야습했다는 소식이 무한에 널리 퍼졌다.

　대부분의 사람이 비겁한 그들의 행동에 냉소를 보였고, 일부는 백리세가 무사들이 묵고 있던 숙소를 찾아갔다.

　위로가 아니라 욕을 하기 위해서였다.

＊　　　＊　　　＊

　백리소군 혼자 텅 빈 방을 지키고 있었다.

　바닥에 앉은 그녀의 앞에 백리현의 시신이 놓여 있었다.

　백리소군은 말없이 앉아 있었다.

　넋이 나간 사람처럼 눈에 초점이 없었다.

　"슬프냐?"

　목소리가 들려왔다.

　백리소군은 돌아보지 않았다.

　영혼을 사로잡는 그 목소리도 지금의 백리소군에겐 소용이 없었다.

　그녀를 붙잡고 있는 것은 오직 하나, 오라비의 죽음뿐이었다.

　―세상의 모든 영화(榮華)를 너에게 주마.

　백리현은 혈육 이상의 존재였다.

야망을 함께하는 일생의 동지였고, 청초한 외모 뒤에 숨겨진 거대한 꿈을 누구보다 잘 이해해 준 유일한 버팀목이었다.

그가 죽었다.

그리고 그녀의 야망 또한 같이 죽었다.

그녀의 인생이 끝나는 순간이었다.

툭.

백리소군의 옆에 작은 주머니 하나가 떨어졌다.

"네 오라비를 다시 일으켜 세워줄 물건이다. 마물(魔物)이지. 하나 효과는 확실한 것이다. 조심해서 다루어라."

―네 오라비를 다시 일으켜 세워줄 물건이다. 네 오라비를 다시 일으켜 세워줄 물건…… 네 오라비를…….

환청처럼 소리가 들려왔다.

백리소군의 흐리던 눈에 초점이 맺혔다.

고개를 돌리니 주머니가 보였다.

어른 주먹 두어 개만 한 비단 주머니.

손을 뻗어 주머니를 들었다.

펼쳐 보니 몇 번 접은 종이 한 장과 약재들, 그리고 작은 자기병이 들어 있었다.

종이를 꺼내 들었다.

여러 번 접힌 종이는 다 펼치니 작은 사창 크기 정도 되었다.

그 안을 빼곡히 채운 수많은 글자와 예사롭지 않은 그림들.

월천망아(越泉忘我).

종이의 글은 그렇게 시작되고 있었다.

*　　　*　　　*

세가 무사들이 모두 떠났다.

백리소군을 데려가려 했지만 그녀는 떠나기를 완강히 거부했다.

양효명은 남았다.

그래도 누구 한 사람쯤은 그녀 곁을 지킬 사람이 필요한 탓이었다.

처음엔 여럿이 남으려 했었다.

하지만 백리소군은 그들 모두를 거부했다.

그녀가 받아들인 자는 양효명뿐, 둘을 남기고 세가 무사들은 본가로 돌아갔다.

은밀히 밖을 지킬 무사들을 제외하고.

*　　　*　　　*

백리소군은 꼬박 만 하루를 백리현의 시체 곁에서 머물렀다.

누구도 들이지 않고, 홀로 방을 지켰다.

가끔 묘한 소리가 날 때도 있었지만, 애통해하는 곡소리라 여겼다.

다음 날, 백리소군이 숙소를 나섰다.

화사한 얼굴에 미소까지 띤 얼굴이었다.

양효명은 보이지 않았다.

더불어 밖을 지키던 세가 무사들 또한 흔적을 찾을 수 없었다.

제6장
요화(妖花)

영혼이란 무엇인가?

육체에 깃들어 마음의 작용을 맡고 생명을 부여하는 것이다.

즉, 영이란 마음이고 생명이다.

그렇다면 파령(破靈)이란 무엇을 의미하는가?

그것은 곧 마음과 생명을 깨뜨리는 것이다.

그럼 어떻게 하면 마음과 생명을 깨뜨릴 수 있을까?

                    *   *   *

무한을 목전에 두고 설운은 인근 마을에서 하루를 묵었다.

저녁을 마치고 방에 든 그가 가장 먼저 한 일은 역시나 가부좌를 틀고 앉아 명상에 잠기는 것이었다.

파령.

'어떻게 하면 마음과 생명을 깨뜨릴 수 있을까?'

설운의 머릿속엔 온통 그 생각뿐이었다.

오백 년 전, 전마 등조 또한 파령에 대해 고민했다.

그가 생각한 파령의 방법은 죽음이었다.

죽음만이 그 무엇의 제약도 없이 오롯이 파령에 이를 수 있다고 본 것이다.

마각 비전 구유수라공의 극성 월천망아는 그런 그의 생각에서 유래되었다.

근본적으로, 하후영을 죽이기 위해선 파령금쇄신마공이 필요했다.

하지만 등조는 다른 방법을 찾았다.

파령금쇄신마공을 익히기엔 그의 자질이 모자랐고, 특히 상성이 그와 맞지 않았기 때문이었다.

파령, 마음과 생명의 깨뜨림, 그리고 죽음.

등조의 생각은 그렇게 이어졌고, 긴 고뇌와 번민 끝에 그가 주목한 것은 바로 강시였다.

죽은 이, 하지만 살아 있는 자.

당시 등조의 마각엔 강시에 대한 수준 높은 연구와 결과물
이 있었다.

대표적인 것이 마령시였다.

도검이 불침하고, 일구로 능히 천을 상대할 수 있는 무시무
시한 능력을 가진 강시가 바로 마령시였다.

등조는 말년을 강시 연구에 바쳤다.

동원할 수 있는 모든 인적, 물적 자원을 다 쏟아부었고, 그
가 죽기 전 의미 있는 성과를 이루어낼 수 있었다.

그것이 바로 월천망아, 마각 최후의 비전이었다.

그러나 아쉽게도 그 당시엔 개념만 확립했을 뿐 그 끝을 보
지 못했다.

월천망아의 완성은 어쩔 수 없이 후대에 숙제로 물려주어
야 했다.

당대에 이르러 마각은 마침내 완전한 월천망아를 탄생시
켰다.

마각 최후의 날에 등장했었던 바로 그 월천망아였다.

'하지만 그는 틀렸다.'

설운의 생각은 등조와 달랐다.

등조가 생각한 파령의 뜻은 자신과 같았지만, 파령에 이르
는 방법은 전적으로 동의할 수 없었다.

애초에 등조의 생각은 틀렸다.

파령의 궁극은 죽음이 아니었다.

등조가 생각해 낸 방법은 변통(變通)이었지 정통(正統)이
아니었다.

사부도, 자신도 파령금쇄신마공을 익혔다.

죽은 자가 아닌 산 자가 파령을 얻었다.

파령은 산 자의 몫이었다.

'그렇다면 무엇일까?'

사부는 파령금쇄신마공을 대성했다.

자신은 얻긴 했지만 온전한 것이 아니다.

무엇일까, 그와 사부의 차이는?

어디에서 차이가 생기는 걸까?

자질? 연륜? 경험?

'아닐 것이다.'

전마비록의 내용대로라면 사부 또한 그리 많지 않은 나이
에 파령금쇄신마공을 얻었다.

사부는 설운의 자질에 만족해했고, 오백 년 전의 사부와 지
금 설운 사이에 연륜과 경험은 큰 차이가 없을 게다.

'무엇일까?'

사부에겐 있고, 자신에겐 없는 것.

그의 파령기가 완전하고, 자신의 파령기가 완전하지 못한
이유.

그와 자신의 차이……

'잠깐!'

유성이 밤하늘을 가르듯, 설운의 뇌리로 한 줄기 빛이 흘렀다.

'그것이었구나!'

문득 떠오르는 생각.

'혈령!'

혈령이었다.

막혀 있던 봇물이 한꺼번에 터지듯 생각이 꼬리를 물고 이어졌다.

흐린 안개가 걷히고, 뚜렷한 아침 햇살을 맞이하는 느낌.

설운은 밀려드는 생각에 희열을 감추지 못했다.

설운은 깨달았다.

왜 파령인지.

왜 혈령이어야 했는지.

사부를 죽이기 위한 마신궁의 검이 왜 혈령이었고, 왜 자신이 그토록 모진 대우를 받았어야 했는지.

모든 것이 사부의 의도.

그가 길을 닦아주었다.

하나의 답을 얻은 설운이 더 깊이 내면으로 침잠해 들어갔다.

그의 생각이 맞다면, 그에게 주어진 해답이 옳은 것이었다면, 그는 벽 하나를 넘을 수 있을 것이다.

파령의 참된 의미를 얻어 보다 올라선 경지에 이르게 될 것이다.

파령과 혈령, 그리고 사부.

모든 것은 묶여 있었다.

*   *   *

곱게 치장한 백리소군이 무림맹을 찾아왔다.

천하제일을 다투던 그녀의 미모는 잘 차려입은 성장(盛裝)과 고운 화장으로 눈이 부실 지경이었다.

반은 놀란, 반은 감격(?)한 표정으로 무림맹 위사장(衛士長)이 공손히 그녀를 안으로 안내했다.

태어나 처음 보는 절세미녀의 모습에 그는 어쩔 줄 몰라 하며 정성으로 그녀를 모셨다.

맹주전 앞에 이르렀을 때, 백리소군이 고맙다며 미소를 짓자 위사장은 심장이 쿵하고 내려앉는 느낌을 받았다.

그녀가 돌아서 맹주전 안으로 들어갔을 때 물밀듯 밀려드는 공허함과 아쉬움은 정문으로 돌아가는 발길을 한없이 무겁게 만들었다.

"후아."

심장 떨리는 경험이었다.

　　　　　*　　　*　　　*

　맹주전 안으로 들어선 백리소군을 맞아준 이는 제갈문이
었다.

　"어서 오시게."

　만면에 웃음 띤 제갈문이 백리소군에게 인사를 건넸다.

　"미천한 소녀의 바람에 응대를 해주셔서 정말 고맙습니
다."

　백리소군이 깊게 예를 취했다.

　"별말을……. 자, 어서 들어가시게. 맹주께서 기다리고 계
시니."

　제갈문이 반 발 앞에 서서 백리소군을 안으로 안내했다.

　좌우를 지키는 호위들 사이로 제갈문과 백리소군이 담소
를 나누며 함께 걸어갔다.

　서로 웃으며 화기애애하게 대화하는 모습이 마치 부녀처
럼 다정한 모습이었다.

　사실 백리소군이 맹주를 대면한다는 것은 이례적인 일이
었다.

　무림에서의 지위, 무림맹과 백리세가의 은원을 고려해 보
면 대면이 아니라 축객령을 내려도 이상할 것이 없는 일이었
다.

　하지만 은(恩)은 갚고 원(怨)은 풀어야 한다는 게 평소 고견

의 지론이었다.

어찌 생각하면 한낱 어린 아녀자에 불과하지만, 가주의 손녀이자 죽은 백리현의 친동생임을 고려해 볼 때 잠시나마 시간을 내는 것도 나쁘진 않으리란 판단이었다.

물론 여전히 무림맹과 백리세가는 대척점에 있고, 또 백리소군을 본다고 해서 백리세가와의 관계에 큰 변화가 생길 것도 아니었지만, 일이란 작은 것에서부터 점차적으로 풀려가는 것이 또한 순리 중 하나였으니, 꼭 잘못된 결정이라 볼 수는 없었다.

"백리소군이라 합니다."

백리소군이 아리따운 자태를 뽐내며 고견에게 절을 했다.

화사함이 극에 달한 그녀의 모습은 월궁의 항아가 부럽지 않아 보였다.

"고견일세."

고견이 짧게 답례를 하고 백리소군에게 자리를 권했다.

평소 근엄하던 얼굴에 가벼운 미소가 어려 있었다.

"감사해요."

백리소군이 웃으며 자리에 앉았다.

만개한 꽃이 터지듯 환한 웃음이 인상적이었다.

"바쁘실 텐데 미천한 소녀를 위해 이렇듯 시간을 내어주시니 뭐라 감사를 표해야 할지 모르겠어요."

자리에 앉은 백리소군이 한 번 더 감사를 전했다.

그녀 또한 이런 만남이 누구에게나 쉽게 주어지는 것이 아님을 잘 알고 있었다.

"별말을 다 하시네. 허허. 그냥 편히 생각하시게. 못 올 자리에 온 것도 아니고."

고견이 습관처럼 답을 했다.

진심이 무엇이든, 찾아온 손님에게 응당 하는 인사 중 하나였다.

지위는 가면을 만들고, 거짓을 진짜로 꾸미게 한다.

평소였다면 절대 시간을 내지 않았을 고견이었지만, 굳이 그것을 내색할 이유는 없었다.

"아니에요. 맹주께서 저를 위해 시간을 내주시는 것이 얼마나 큰 배려인지 잘 알고 있답니다."

백리소군이 웃으며 마음을 표했다.

아름다운 웃음이 고운 향기와 어울려 맹주전을 수놓았다.

"허허."

"호호."

분위기는 밝았다.

간간히 터져 나오는 가벼운 웃음소리가 둘 사이의 분위기를 엿보게 했다.

그렇게 둘이 평범한 신변잡화(身邊雜話)를 나누는 사이 시비가 다과를 들고 들어왔다.

간소했지만 정갈하게 차려진 다과는 꽤 먹음직스러워 보였다.

"그래, 무슨 일로 나를 보자 했는가?"

고견이 차를 권하며 본격적인 말을 꺼냈다.

백리소군은 대답 대신 차를 한 모금 입에 머금었다.

상큼한 표정이 인상적이었다.

"좋은 차로군요. 철관음인가요?"

"그렇네."

"듣던 대로 일품이네요."

백리소군이 음미하듯 차 한 모금을 더 마셨다.

만족스런 웃음이 고운 눈가에 한껏 맺혀 있었다.

백리소군은 밝았다.

소풍 나온 어린아이마냥 얼굴에 한 점 그늘이 보이지 않았다.

하지만 너무 밝았다.

평소에도 웃음이 드물진 않았지만 이 정도까지는 아니었다.

가식도 아니었다.

눈에 드러나는 거짓 없는 감정이 그녀가 지금 꽤 즐거워하고 있음을 잘 드러내 주었다.

그래서 이상했다.

상식적으로 보여야 할 모습이 보이지 않는 그녀.

'허어, 참.'

고견의 얼굴에 언뜻 의아함이 스쳐 지나갔다.

처음엔 형식상 웃는 것이라 생각했는데 그게 아니었다.

그녀는 진정으로 기분이 좋아 보였다.

고견이 슬쩍 제갈문을 보았다.

눈에 담긴 의아함이 그대로 전해졌다.

어떤 뜻인지를 안다는 듯이 제갈문이 살짝 고개를 저었다.

자신도 의아하다는 뜻이었다.

너무 밝은 것이 문제였다.

고견의 손에 친오라비가 죽은 지 만 하루가 조금 더 지났을 뿐인데 말이다.

[제정신이겠지?]

겉으로는 멀쩡해 보이지만 뭔가 이상했다.

오라비가 죽은 지 하루가 거우 지났을 뿐이었다.

소복은 고사하고서라도 저런 성장이라니.

거기에 얼굴에 한 화장하며, 무엇보다 그늘 한 점 없는 밝은 얼굴까지…….

더구나 마주한 사람은 자신의 오라비를 죽인 원수였다.

화를 드러내진 못하더라도 표정이 저토록 밝을 수는 없는 법이었다.

여러모로 정상이라 할 수 없는 행동이었다.

백리소군이 찻잔을 탁자 위에 놓았다.

그러고는 고혹적인 얼굴로 고견을 바라보았다.

사내라면 누구나 반할 미모와 표정이었다.

물론 고견은 아니었지만.

"이상해 보이세요?"

별이 담긴 듯 반짝이는 눈망울이 고견을 지그시 바라보았다.

"바로 얼마 전 큰일이 있었는데 이리 웃고 떠드니 이상해 보이시죠?"

고견이 아니라는 말을 하려 했지만 말이 입 밖으로 바로 나오진 않았다.

"호호, 걱정 마세요. 전 지금 지극히 정상이랍니다. 다만 오늘 제게 아주 기쁜 일이 있어서 말이에요."

"기쁜 일이라……."

'대체 얼마나 기쁜 일이기에 친오라비가 죽었는데도 저리 즐거운 얼굴을 할까?'

궁금한 고견이었다.

"궁금하시죠?"

백리소견이 눈웃음을 지으며 찻잔을 들었다.

그러곤 백옥 같은 두 손으로 찻잔을 살포시 잡더니 잠시 찻잔 안을 가만히 응시했다.

무언가 그 안에 있는 것을 찾는 듯, 혹은 다른 어떤 것을 생각하기라도 하는 듯.

그러더니 혼자 피식 웃었다.

마치 재밌는 생각이 떠오르기라도 한 것처럼.

고견은 백리소군이 하는 짓을 가만히 지켜보았다.

뭔가 애매한 분위기였다.

한편으론 불편하기도 했고.

예상치 못한 그녀의 행동에 난감하기까지 한 고견이었다.

백리소군이 들여다보던 찻잔을 천천히 들어 입에 대고는 차 한 모금을 더 마셨다.

찻잔이 다시 탁자 위에 놓였고, 그녀의 말이 이어졌다.

"슬펐어요. 처음엔 말로 형언할 수 없을 만큼 슬펐지요. 오라버니가 죽고, 숨이 끊어진 주검이 되어 다시 돌아왔을 때엔, 하아, 정말 하늘이 무너지는 줄 알았어요."

백리소군이 가볍게 한숨을 내쉬었다.

"저희 남매는 보통 남매랑은 조금 달랐거든요. 보통 남매끼리는 많이 다투고 싸운다던데, 저희는 그런 게 전혀 없었어요. 오히려 서로 챙겨주기 바빴죠. 서로 통하는 게 많았거든요."

백리소군의 얼굴이 창밖을 향했다.

바라보는 눈길에서 그리움이 묻어났다.

"오라버니는 꿈이 컸어요. 당장은 아니지만 언젠가는 꼭 천하제일의 위치에 오르고 말겠다는 큰 꿈을 가지고 있었어요. 가능했을 거예요. 오라버니의 자질과 능력, 그리고 세가

의 돌아가는 상황 등을 생각해 보면 오라버니의 생각은 전혀
이룰 수 없는 아득한 꿈만은 아니었을 거예요."

그가 가졌던 꿈.

백리소군이 함께 공감했던 그의 야망.

"무너졌죠. 한순간에. 그가 죽으면서……."

백리소군의 얼굴에 처음으로 그늘이 졌다.

"그는 죽었어요."

백리소군이 고견을 똑바로 쳐다보았다.

"당신 손에."

냉기가 흐르는 말이었다.

"소저."

제갈문이 조용히 백리소군을 불렀다.

"말씀이 지나치시오."

조용했지만 힐책이 담긴 목소리였다.

백리소군은 도가 넘고 있었다.

제지할 필요가 있었다.

"괜찮아."

고견이 손을 들어 제갈문을 말렸다.

그의 표정엔 변화가 없었다.

"난 괜찮으니 자네는 가만있게."

한 번 더 당부를 하고는 고견이 의자 뒤로 몸을 기댔다.

"계속해 보시게."

깊은 눈빛이 백리소군을 차분하게 응시했다.

듣기 좋은 말일 리가 없었다.

듣고 있을 이유도 없었고.

그러나 고견은 그쯤은 참고 넘어갈 수 있는 아량을 갖춘 사람이었다.

보지 않기로 했으면 모르나, 이미 마주한 이상 어린 소녀의 상심한 넋두리쯤은 얼마든지 들어줄 수 있었다.

"어땠나요?"

"뭐가 말인가?"

"그의 목에 검을 찌를 때의 기분……."

"나를 보자 한 이유가 그것이었나?"

억양 없는 말이 흘러나왔다.

철없는 소녀의 언행이 보기에 마뜩치 않았다.

하지만 참아주었다.

철없는 소녀란 그런 것이니.

"아뇨."

백리소군이 다시 미소를 되찾았다.

"그냥 궁금해서 여쭤본 거예요. 뭐, 답하기 곤란하시면 안 하셔도 돼요. 어차피 그대로 되돌려 줄 생각이니까. 그때가 되면 저도 알게 되겠죠."

"말이 지나친 건 알고 있나?"

"행동이 지나쳤던 것은 알고 계세요?"

"그만하지."

고견이 대화의 종결을 선언했다.

"이 정도면 예는 충분히 갖추었다고 생각하네."

그러고는 자리에서 몸을 일으켰다.

이 정도면 된 것이다.

최소한의 예의는 갖추었다는 생각이 들었다.

"조심해서 돌아가시게. 멀리 나가진 않겠네."

명백한 축객령이었다.

하지만 백리소군은 자리에서 일어나지 않았다.

되레 차 한 잔을 더 따르고 있었다.

"소저."

제갈문이 조용히, 하지만 단호히 백리소군을 재촉했다.

여차하면 강제로라도 끌어낼 생각이었다.

"이상하지 않았나요?"

하지만 그러거나 말거나 백리소군은 자신이 할 바를 계속했다.

차를 따르고, 말을 하고.

"오라비가 죽었는데. 죽인 당사자를 만나러 왔는데 이렇게 차려입고, 거기다……."

백리소군이 고개를 들어 고견을 올려보았다.

"이렇듯 웃기까지 하고."

화사한 미소가 얼굴 가득 퍼졌다.

가식 없는 진심에서 우러나는 미소였다.

"궁금하지 않으세요? 전 미친 것도 아닌데 말이죠."

화사하다 못해 요사스런 미소였다.

"왜인가?"

고견이 자리에 선 채 물어보았다.

"원수를 갚을 거거든요."

"원수를 갚는다?"

"네. 똑같이……."

"백리세가가 전면전이라도 일으킨다는 뜻인가?"

그래 봐야 결과는 같겠지만.

"아뇨. 그렇다면 제가 이렇듯 기쁠 이유가 없죠. 세가의 힘이 맹주의 목을 칠 수 있을 만큼 강하지도 않고요. 잘 아시잖아요."

"그럼 뭔가?"

"이제 곧 아시게 될 거예요."

백리소군이 고견의 목을 쳐다보았다.

"이제 곧. 똑같이……."

붉은 꽃이 만발하듯 핏빛 웃음이 백리소군의 입가에서부터 피어났다.

아름답지만 요사스럽고 사악한 미소가 고견의 마음을 섬뜩하게 만들었다.

'소름이 돋는다, 내가?'

몸에 이는 전율에 고견이 속으로 잠시 당황했다.

어리고 약한 소녀의 미소에 소름이 돋아나다니.

'아니다.'

고견이 정색을 하고는 정신을 집중했다.

어린 소녀가 내뱉는 저주의 말에 몸과 정신이 반응할 리가 없었다.

원인은 다른 것.

―이제 곧 아시게 될 거예요.

백리소군의 말이 귓가를 맴돌았다.

그 순간.

<u>드르르르르.</u>

맹주전에 작은 진동이 일어났다.

처음 미세하던 진동이 갈수록 점차 거세졌다.

뒤늦게 진동을 느낀 제갈문이 고견을 바라봤다.

그 역시 뭔가 심상찮은 분위기를 느낀 것이었다.

우지직.

불쾌한 소리와 더불어 벽과 기둥에 작은 실금이 생기기 시작했다.

"맹주!"

제갈문이 급히 고견의 곁에 섰다.

드르르르르르.

진동이 더욱 거세졌다.

쩌저적.

실금은 제법 큰 균열을 만들며 건물 전체로 퍼져 나갔다.

쩌저저저적.

균열이 위로 오르며 맹주전 지붕이 거미줄처럼 갈라졌다.

들보에 금이 가고 위로부터 흙먼지가 쏟아져 내렸다.

그리고 마침내.

콰드드드득!

갈라진 지붕 조각들이 폭포를 거꾸로 세워놓은 듯 위로 솟구쳤다.

위에서 시작된 강한 흡입력에 지붕이 위쪽으로 뜯겨 나간 것이었다.

실내에 있던 사람들의 머리와 옷이 돌풍을 만난 듯 세차게 나부꼈다.

사막의 용권풍이라도 불어온 것일까?

세찬 바람은 모든 것을 빨아들이려는 듯 더욱 거세게 소용돌이쳤다.

고견과 제갈문은 천근추의 신법으로 신체를 고정시켰다.

흡입력이 강했지만 둘은 안정된 모습으로 자리를 지키고 서 있었다.

물론 만약의 사태를 염두에 둔 대비는 잊지 않고 있었다.

얼마 후 바람이 멎었다.

맹주전 전각 지붕에 구멍이 뻥 뚫렸고, 그 사이로 푸른 하늘이 선명하게 드러났다.

구름 한 점 없는 시린 푸른 하늘.

그리고 그 안에 한 사람이 있었다.

*   *   *

맹주전 진동이 시작될 무렵, 옥유경과 안명은 멀리서도 그 기운을 느낄 수 있었다.

본능적으로 전해지는 사악한 기운. ¯

'그럴 리가.'

느껴지지만 믿지 못하겠다는 듯이 둘은 잠시 서로의 얼굴을 마주 보았다.

"확실한가요?"

"확실해."

서로 간의 확인이 끝나자마자 옥유경과 안명이 숙소를 박차고 나왔다.

그들이 행하는 곳은 맹주전.

사악한 기운의 발원지였다.

"너는 어서 가서 사람들을 대피시켜라."

안명이 급히 이한에게 당부를 줬다.

"네, 사형."

이한은 두말이 없었다.

그 또한 맹주전에서 전해지는 기운이 어떤 것인지 어렴풋이 느끼고 있었기 때문이었다.

만약 그가 느끼는 기운이 그것이 맞다면 무조건 피해야 했다.

무림맹에서 그것을 상대할 수 있는 자는 없었다.

옥유경이든, 사형 안명이든.

설사 맹주 고견이라 해도 마찬가지이리라.

고견이 삼화경의 극에 이르렀다고 쳐도 그것을 감당할 수는 없다.

무림맹 전 무인이 다 달려든다 해도 결과는 마찬가지.

그것은 이미 죽은 자, 그러나 죽지 않는 자, 그것을 상대할 수 있는 이는 오직 설운뿐.

그것은 지난 마각과의 싸움에서 이미 증명이 되었다.

월천망아, 그 저주의 마물이란 그런 것이었다.

*　　　*　　　*

"어찌 네놈이?"

허공에 떠 있는 자는 백리현이었다.

공허한 눈빛에 무표정한 얼굴이 살짝 이상했지만, 고견 자신이 직접 목에 검을 찔러 넣었던 바로 그 백리현이었다.

그를 증명하듯 목에 난 깊은 검상이 두드러지게 보였다.

"오라버니."

백리소군이 백리현을 불렀다.

백리현의 얼굴이 백리소군 쪽으로 향했다.

백리소군의 몸이 두둥실 떠오르기 시작했다.

마치 절대고수가 펼치는 능공허도와도 같은 신법.

하지만 백리소군의 무경이 절대 그 경지는 아닐 터이니.

'허공섭물.'

백리현이 허공섭물로 백리소군을 들어 올리는 것이 분명했다.

높이 십여 장의 허공에 뜬 채, 사람 하나를 위로 들어 올리는 허공섭물의 신기(神技)가 아무렇지 않게 펼쳐지고 있었다.

'불가능하다.'

고견은 할 수 없는 일이었다.

허공섭물은 가능했지만, 저런 경지는 절대 불가능했다.

"이게 대체 어찌 돌아가는 상황인가?"

고견은 눈으로 보면서도 믿을 수 없었다.

죽었던 자가 살아났고, 삼화경에 갓 이르렀던 젊은 청년이 허공섭물의 신기를 아무렇지 않게 구사하고 있었다.

'도대체?'

있을 수 없는 일이었다.

공중으로 들려졌던 백리소군이 맹주전 바깥으로 다시 천천히 내려졌다.

땅에 내려선 백리소군이 백리현을 보며 한마디 했다.

"마음대로 해요."

탐스런 붉은 입술 끝이 위로 올라갔다.

아름답지만, 잔인한 미소였다.

*   *   *

[피하세요. 절대 맞부딪히지 마시고, 최대한 빨리!]

옥유경의 다급한 전음이 고견과 제갈문에게 전해졌다.

[저것은 무엇이오?]

백리현의 모습에서 뭔가를 느낀 고견이 백리현을 '저것'이라 불렀다.

[월천망아. 마각의 마물입니다. 어서 피하세요!]

"월천망아!"

놀란 제갈문이 탄성을 질렀다.

기억이 났다.

아니, 잊지 않았다.

어찌 잊을 수 있을까?

그날, 마각과의 일전에서 보았던 공포의 마물을.

당시 고견은 그 자리에 없었지만, 제갈문은 똑똑히 보았다.

사방을 점하고 나타난 네 구의 마물이 동방우를 어찌 죽이는지를.

그리고 설운이 그것들을 막기 위해 얼마나 힘겹게 싸워야 했는지를.

"맹주! 피하셔야 합니다."

저것이 공격을 해오기 전에 자리를 피해야 했다.

고견이 고수지만, 그는 저것의 상대가 되지 못한다.

제갈문은 그 사실을 잘 알고 있었다.

"알겠네."

고견이 순순히 그의 말을 들었다.

고견은 판단이 빠른 사람이었다.

궁금증이 커졌지만 옥유경과 제갈문이 이토록 서두르는데는 다 이유가 있을 것이라 생각했다.

마음먹은 이상 이어지는 행동은 빨랐다.

둘은 신법을 극성으로 운용하면서 자리에서 벗어났다.

"호호호."

그런 그들의 뒤로 요사스런 웃음이 들리는 듯한 착각이 일었다.

제7장

진무인(眞武人)

—너에게 아직도 감정이란 것이 남았더냐?

인간이어서는 안 되었다.

먹고, 자고, 숨을 쉬었지만 인간이어서는 안 되었다.

생각하되 감정이 담겨 있지 않았다.

움직이되 감정은 없었다.

입을 닫고, 마음을 닫았다.

일십, 일백, 일천의 사람을 죽였지만, 그 안엔 어떤 감흥도
없었다.

상대가 웃어도, 울어도, 통곡하고 애원해도 습관처럼 검을

내지를 뿐, 그 안엔 어떤 이유도, 감정도 없었다.

그렇게 살아왔다.

아니, 그렇게 살아야 했다.

그렇게 하도록 길러졌으니…….

사부를 만났고, 첫 번째 살인을 했다.

그의 손에 이끌려 마신궁에 들었고, 백일을 꼬박 죽어 혈령이 되었다.

살귀.

모든 게 그것을 위한 것인 줄 알았다.

마신궁의 맹목적인 검이 되어 오직 적을 쓰러뜨리기 위한 도구로써 길러진 줄 알았다.

'그때의 나에게 답이 있다.'

사부가 설운 자신을 살인을 위한 도구로 기른 것이 아니라는 것을 알게 되었다.

그가 스스로를 죽이기 위한 검으로 설운을 길렀다는 사실을 알게 되었다.

그럼으로써 혈령이 되기까지, 그리고 된 이후, 사부가 자신에게 행했던 모든 것이 곧 파령을 위한 과정이었음을 깨달을 수 있었다.

'그때의 나로…….'

설운은 그때의 자신으로 돌아가기로 했다.

감정을 잃은 채 오로지 사부의 명에 따라 피를 좇던 그때의 자신으로 되돌아가기로 결심했다.

파령은 마음과 생명을 깨뜨리는 것.

혈령은 파령을 위해 거쳐야 할 과정이었다.

*　　　*　　　*

기억에 남아 있는 아주 어릴 시절부터 되짚어보기로 했다.

그때의 기억에 무감각해질 수 있다면, 어떠한 심적 동요도 없이 혈령의 기억까지 도달할 수 있다면, 자신이 원하는 것을 얻을 수 있으리라.

가장 먼저 떠오르는 것은 부모의 얼굴이었다.

젊은 부모의 모습.

생활은 힘들었지만 서로를 위해 가며 행복하게 살아가던 모습.

자신을 보며 다정히 웃어주던 사랑스런 부모들.

그리웠다.

그리움이 넘쳐 울컥 속에서 차오르는 것이 있었다.

그동안 잊고 있었던 어린 날의 좋았던 기억들.

가난했어도 행복했었던 그 시절.

돌아갈 수 없는 그때…….

'아니야.'

명상에 잠겨 있던 설운이 고개를 저으며 눈을 떴다.

"아니야, 아니야……."

시작부터 실패했다.

설운이 찾아가는 것은 혈령으로서의 자신의 모습이었다.

마음도, 생각도, 감정도 잃어버린 피를 좇는 살인귀.

그러나 시작부터 찾아온 그리움의 감정이 설운의 내면을
흔들어 버렸다.

"아니야."

설운이 세차게 고개를 저었다.

잊어야 했다.

정확히는, 느끼지 않아야 했다.

부모를 생각해도, 어린 날의 추억이 아무리 아름다워도, 그
리워서는 안 되었다.

아무것도 모르는 숲 속의 나무처럼 그냥 담담히, 아무것도
모른 채 과거와 마주 설 수 있어야 했다.

잊고 지우는 것과는 달랐다.

단순히 무아(無我)에 빠지는 것이 아니라, 보아도, 들어도,
느끼지 않는 그런 존재가 되어야 했다.

쉽지 않은 일이었다.

절대 쉽지 않은 일이었다.

설운은 다시 명상에 들었다.

과거를 떠올렸고, 감정을 죽여 갔다.

하지만 마음은 자신의 뜻한 바대로 따라주지 않았다.

명상은 실패가 거듭됐다.

두 번, 세 번… 열 번… 백 번…….

셀 수 없을 만큼의 시도가 이어졌다.

그러나 한번 되찾아 버린 감정은 이전처럼 쉽게 사라지지 않았다.

무념(無念)과 무상(無想)은 쉬우나, 이미 가지고 있는 감정을 죽이는 것은 너무 어려웠다.

심력이 끝없이 소비되었고, 설운은 조금씩 지쳐 갔다.

*　　*　　*

맹주전을 향하는 옥유경의 눈에 허공에 떠 있는 그것이 보였다.

"월천망아!"

안명의 안색이 심각하게 굳어졌다.

그래도 혹시 모른다고 생각했지만, 마각의 마물이 틀림없었다.

옥유경이 검을 꺼내 들었다.

상대하기 위함이 아니라 막기 위함이었다.

정확히는 조금이라도 더 버티는 것이었다.

옥유경을 비롯한 천룡문 문도들 누구에게도 월천망아를 물리치는 것은 고사하고 제대로 막아낼 힘조차 없었다.

최대한 늦추는 것, 그래서 시간을 버는 것.

그것이 옥유경이 품고 있는 목표였다.

맹주전으로부터 두 개의 인형이 빠져나오는 것이 보였다.

고견과 제갈문이었다.

옥유경이 자신들이 있는 방향으로 다가오는 그들을 향해 나아갔다.

검엔 잔뜩 내공을 불어넣은 상태였다.

월천망아를 경계하며 그들에게 다가갔다.

그 순간 허공에 떠 있던 월천망아가 갑자기 사라졌다.

분명 맹주전 위에 떠 있던 그것이 눈 깜짝할 사이에 사라진 것이었다.

"어디로 간 거야?"

안명이 주변을 빠르게 훑었다.

"저기!"

짧은 순간 사라졌던 월천망아가 다시 나타난 곳은 자신들과 고견, 제갈문 일행의 중간.

등을 보인 채 고견과 제갈문을 향해 달려들고 있었다.

"타앗!"

고견이 막아서는 월천망아를 향해 전력으로 일검을 내질렀다.

"하앗!"

제갈문 또한 가진 모든 힘을 다 동원해 고견의 공세를 보조

했다.

여력을 남기지 않는 필사의 한 수였다.

'이대로라면 늦다.'

불과 코앞이었지만 옥유경은 자신의 신법이 무척 느리게 느껴졌다.

저 둘이 월천망아를 막지 못함은 불문가지(不問可知)였다.

조금이라도 생(生)의 확률을 높이려면 자신이 어서 저 전장 안으로 뛰어들어야 했다.

무리를 해서라도 어서 달려가야 했다.

'그렇다면.'

옥유경이 아랫입술을 한 번 질끈 깨물고는 몸의 모든 기문을 개방했다.

안팎으로 차오르는 거대한 기운이 옥유경의 반응을 더욱 빠르게 변화시켰다.

옥유경의 신형이 흐려진다 싶더니.

쾅!

퍼억.

콰아아아앙.

이질적인 세 개의 소리가 거의 동시에 터져 나왔다.

고견의 검과 월천망아의 공세가 부딪히는 소리, 월천망아의 공격에 제갈문이 충격을 입은 소리, 그리고 옥유경의 검이 월천망아의 이어지는 다음 공격을 방어하는 소리였다.

"악!"

가까스로 월천망아의 공세를 막아낸 옥유경이 되돌아오는 거대한 반탄력에 저도 모르게 비명을 질렀다.

마치 맨손으로 거대한 철벽을 후려갈긴 듯, 검을 쥔 손아귀가 찢어진 채 피가 흐르고 있었다.

하지만 덕분에 틈이 생겼다.

"피해요!"

월천망아의 공세가 막힌 극히 짧은 찰나의 순간, 옥유경을 비롯한 네 명의 무인은 월천망아를 피해 최대한 뒤로 물러났다.

한 호흡도 안 되는 짧은 순간에 벌여놓은 십여 장의 거리.

네 무인이 기를 쓰고 경공을 발휘한 덕분이었다.

안명을 제외하고 세 명의 무인은 크고 작은 피해를 입었다.

제갈문이 가장 큰 피해를 봤고, 고견은 육체적인 피해보다는 정신적인 충격이 더 커 보였다.

최선을 다한 자신의 일검이 전혀 통하지 않았다는 믿지 못할 사실에 큰 충격을 받은 것이었다.

'이럴 수가.'

물리치지는 못해도, 어느 정도 충격은 줄 수 있으리라 생각했다.

명색이 삼화경의 고수가 최선을 다해 시전한 한 수였으니 그럴 만도 했다.

그러나 고견은 확실히 느꼈다.

저 마물에겐 자신의 검이 아무 소용이 없었다는 것을.

다시 한 번 월천망아가 사라졌다.

너무도 빠른 신법에 사라진 것처럼 보이는 것이었다.

다시 나타난 곳은 옥유경 바로 앞.

자신의 공세를 가로막은 그녀에 대한 본능적 적개심 때문이었다.

월천망아의 우수가 벼락처럼 옥유경의 가슴을 치고 들어왔다.

옥유경이 급히 검을 들었다.

보고 움직이면 늦다.

머리 이전에 몸이 공세를 느끼고 대응을 했다.

"이놈!"

고견 또한 넋 놓고 있지만은 않았다.

월천망아의 우수가 움직이자마자 그것의 우수를 노리며 검을 내리그었다.

월천망아의 우수에 옥유경의 검세가 뒤로 밀릴 때쯤, 고견의 검이 월천망아의 우수를 내려쳤다.

덕분에 월천망아의 공세가 아주 살짝 아래로 흘렀다.

옥유경이 빠르게 몸을 회전시키면서 월천망아의 강한 기운을 검끝에 담아 허공에 흩뜨렸다.

쿠앙.

까아앙.

퍼퍼펑.

소리가 뒤늦게 사방으로 울려 퍼졌다.

아주 가까운 곳에 붙어 있던 그들 셋이 눈에 보이지 않는 빠르기로 공방을 주고받은 것이었다.

이번에도 손해를 본 것은 옥유경과 고견이었다.

급작스레 최대한의 진기를 운용하는 탓에 둘의 안색은 창백하게 변해 있었다.

불과 두세 번의 교전이었으나 둘이 느끼는 피로감은 상상을 초월했다.

힘들었다.

이대로라면 얼마 버티지 못할 것 같았다.

대책이 필요했다.

*   *   *

무림맹 무사들은 본능적으로 맹주전에 몰려들었다.

거대한 폭음과 전해지는 진동이 맹주전에 큰일이 일어났음을 알려주었기 때문이었다.

"피해야 합니다."

이한이 마침 보이는 위염에게 달려가 상황 설명을 해주었다.

막을 수 없는 존재, 월천망아의 등장과 맹주와 옥유경 등이 그것을 상대하고 있다는 말까지.

노련한 위염은 이한의 말을 통해 전후사정을 명확히 파악할 수 있었다.

"피하는 것이 낫다 이거지? 그때처럼……."

설운과 함께했던 마각과의 전투가 떠올랐다.

숫자만 많았지 아무런 도움이 되지 못했던 그때, 자신들은 짐일 뿐 설운을 거들 수 없었다.

짐이 되느니 차라리 신경이나 쓰이지 않게 뒤로 물러나 주는 것이 나았다.

"알겠네."

이미 한 번 겪어본 경험이 있던 위염은 빠르게 후속 행동에 돌입했다.

편제가 변하긴 했지만, 그래도 각 요직에 있던 고수들을 찾아 상황을 설명하고 무사들을 피신시키기 시작했다.

"어디로 가란 말인가?"

옛 청룡당주이자 현 대내사령 이인이 탄식을 했다.

"최대한 멀리."

위염이 할 수 있는 말은 그것뿐이었다.

*　　　*　　　*

[떠나시게.]

고견의 전음이 날아들었다.

[이러다간 모두 몰살이야. 내가 최대한 막아볼 테니 소저와 제갈 군사는 속히 자리를 피하시게.]

몇 번의 교전으로 답이 나왔다.

저것은 절대 이길 수 없는 괴물이란 것을 똑똑히 깨달았다.

그렇다면 해야 할 일은 뻔했다.

'나 하나로 끝내자.'

고견은 저들을 위해 홀로 죽기로 마음먹었다.

싸우다 죽는 것은 두렵지 않았다.

검을 든 자의 최후란 응당 그러한 것이니.

그러나 지켜야 할 사람들이 있었다.

가까이는 옥유경과 제갈문을, 멀리는 무림맹 무사들을.

혼자 죽는 것은 괜찮지만, 모두가 죽는 것은 거절했다.

[안 될 말씀이에요.]

옥유경이 단호히 거부 의사를 전했다.

[맹주!]

제갈문이라고 다를 이유가 없었다.

[알잖은가? 이러면 다 죽어.]

[적당한 때를 보아 피하도록 해요.]

[어디로? 어떻게? 아무리 피하려 한들 저것을 따돌릴 수는 없네.]

고견이 옥유경을 바라보았다.

많은 것을 담고 있는 눈빛이 옥유경에게 전해졌다.

[안 됩니다.]

[이게 최선일세.]

[맹주!]

[어차피 지금 저것의 목표는 날세. 나로 인한 일, 내가 수습하겠네.]

[조금만 더 버텨보아요.]

[늦었네.]

고견이 시선을 돌렸다.

동시에 그의 몸으로부터 막대한 잠력이 뿜어져 나왔다.

인간이길 부정하는 엄청난 기운이었다.

원정지기의 격발.

인간이 최소한 삶을 유지하기 위한 가장 근원적인 힘까지 모조리 끌어들인 것이었다.

생을 위한 근원적 힘까지 끌어들인 지금, 이기든 지든 고견은 죽게 되어 있었다.

죽음을 담보로 거는 싸움.

고견은 돌이킬 수 없는 길을 나섰다.

[맹주님!]

제갈문이 애절하게 고견을 불렀다.

고견은 답을 하지 않았다.

충혈된 두 눈이 보고 있는 것은 오직 월천망아뿐.

격발된 잠력이 터질 듯 꿈틀댔다.

[가요.]

옥유경이 몸을 돌렸다.

더 머무르는 것은 최악의 선택이었다.

의지를 읽었고, 의지를 따라주는 것이 최선이었다.

예정된 죽음을 헛되이 할 수는 없었다.

"그르르."

인간의 소리라 할 수 없는 낮은 울림이 월천망아의 입에서
흘러나왔다.

그것의 눈이 향한 곳은 옥유경이었다.

"네놈이 나를 무시하는구나."

고견이 싸늘한 호통을 지르며 월천망아를 향해 몸을 날렸
다.

이전과는 비교도 안 될 빠른 속도로 고견의 검이 월천망아
의 가슴을 향해 날아들었다.

검에 실린 경력이 공간을 뒤틀었다.

파앗.

월천망아가 마주치지 않고 이형환위의 신법으로 고견의
뒤로 돌았다.

고견은 예상이라도 한 듯 당황하지 않고 뒤로 검을 날렸다.

하지만 검은 또다시 허공을 베었고, 월천망아는 어느새 고

견의 앞에 서 있었다.

'정녕 빠르구나.'

잠력까지 격발한 상태였음에도 월천망아의 움직임을 따라 잡기가 쉽지 않았다.

'이대로 간다면 아무것도 해보지 못한 채 당하고 만다.'

방법을 달리해야 했다.

'어검(御劍).'

고견이 고를 수 있는 선택지는 그것밖에 없었다.

'네놈이 아무리 빠르다 해도 어검의 속도를 넘어서진 못할 것.'

"하압!"

고견이 힘차게 기합을 지르면서 일검을 내질렀다.

동시에 어검의 효용이 가장 좋을 거리를 위해 그것과의 간격을 최대한 벌렸다.

"이놈."

고견이 광망이 이글거리는 눈빛으로 월천망아를 노려보았다.

"내 기꺼이 너를 두 번 죽여주마."

백리현의 목을 꿰뚫은 것이 자신의 검이었다.

그가 월천망아로 변했다 한들 또 못 죽일 이유가 어디 있으랴?

멸사(滅邪)를 위해서라면 수십 번도 더 죽일 의향이 있었다.

고견이 최대한 기를 모았다.

"받아보아라!"

고견이 손을 들자.

후우우웅.

검이 낮게 울며 허공으로 솟구쳤다.

화르르르르.

떠오른 검신 위로 불길이 타오르듯 푸른빛 강기가 피어났다.

흡사 천신의 검인 듯 푸른 불길에 덮인 고견의 검.

예사롭지 않은 그 모습에 월천망아가 자세를 낮추고 고견을 예의 주시했다.

"하아아아압!"

고견이 장소성을 내지르며 검을 쏘았다.

타오르던 검이 눈에 보이지 않는 빛살 같은 속도로 월천망아의 가슴을 노리며 날아갔다.

검에 실린 어마어마한 힘이 닿지 않아도 전해졌다.

"끼이이익."

월천망아가 기이한 소리를 내며 몸을 피해보려 했지만, 검은 월천망아의 속도를 한참 뛰어넘고 있었다.

파아앗!

빛무리가 터졌다.

월천망아의 가슴 언저리에서 눈을 뜨기 힘들 정도의 광채가 폭죽처럼 터져 나왔다.

*   *   *

"서둘러!"

무림맹은 혼란스러웠다.

맹을 나서려는 자들과 그래도 남겠다는 자들로 상당히 부산스러웠다.

이전 마각과의 전투에 참여했던 무사들은 두말 않고 위염 등의 지시를 따랐다.

한 번 겪어봤기에 지금이 어떤 상황이고 어떻게 행동하는 게 좋은지를 잘 아는 것이었다.

지금 가장 중요한 것은 살아남는다는 것이었다.

그래야 훗날을 기약할 수 있다.

옥유경이 이한을 찾았다.

제갈문은 주요 당직자들에게 좀 더 강하게 피난 지시를 내렸다.

머뭇대며 거부하던 자들은 죽일 듯 노려보는 제갈문의 시선을 그대로 받아내야만 했다.

옥유경과 제갈문이 장내 수습에 관여하면서 맹을 떠나려는 발길들이 더욱 빨라졌다.

자존심과 동료애도 좋았지만, 맹주의 희생이 무의미해져

서는 안 된다는 제갈문의 말은 떠나는 발길을 더욱 재촉했다.

파아앗!

맹주전 위로 광채가 터져 나왔다.

"뭐지?"

"뭐야?"

너무 밝은 빛에 무인들 모두가 맹주전 쪽을 돌아보았다.

그들의 얼굴엔 호기심과, 걱정, 그리고 스스로에 대한 굴욕감 등 복잡 미묘한 온갖 종류의 감정이 떠올라 있었다.

"제길!"

누군가의 욕지기가 들렸다.

"X발."

또 다른 곳에서 욕이 튀어나왔다.

달아날 수도, 그렇다고 머무를 수도 없는 난감한 상황에서 할 수 있는 것은 욕밖에 없었다.

*　　　*　　　*

검신을 타오르던 강기가 꺼졌다.

모든 것을 꿰뚫을 듯 힘차게 날아가던 검은 월천망아의 가슴 바로 앞에서 길을 멈추었다.

손에 잡혀 버렸다.

묵빛 강기로 검게 물든 월천망아의 손 안에 고견의 검은 잡혀 있었다.

"틀렸나?"

고견의 눈빛이 허무했다.

본신지기에 원정지기까지 더한 비장의 한 수였다.

뒤를 생각지 않는 필사의 일검이었는데, 저 괴물은 그것을 막아내 버렸다.

"크윽!"

껍데기만 남은 육신이 비명을 토해냈다.

고견이 이를 악물었다.

이 사이로 배어 나오는 피가 보였다.

전신으로 고통이 느껴졌다.

원정지기를 다 써버린 결과였다.

"하아."

죽음을 각오했지만 상처 하나 입히지 못한 최악의 결과에 가슴이 시렸다.

쨍그랑.

월천망아가 손에 쥔 검을 바닥에 버렸다.

"그르르르."

바로 옆으로 다가온 월천망아가 짐승처럼 으르렁댔다.

그러다 월천망아가 고견의 멱살을 쥐고 위로 들어 올렸다.

그러고는 사정없이 바닥에 내팽개쳤다.

퍼억!

둔탁한 소리와 함께 고견이 피를 토하며 바닥에 뻗었다.

기가 사라진 몸은 손끝 하나 까딱할 힘이 남아 있지 않았다.

할 수 있는 것이라곤 이렇게 누워 다가올 죽음을 기다리는 것뿐…….

'죽는 건가?'

세상이 흐릿하게 보였다.

죽음이 다가온 모양이었다.

* * *

"미안하오. 그래도 이해해 주시구랴."

무인 하나가 맹주전 쪽으로 걸음을 옮겼다.

"원래 어딜 가나 꼴통 한둘쯤은 있는 법이잖소."

또 다른 무인 하나가 앞선 자의 뒤를 따랐다.

"죄송합니다."

짧은 말에 이어 또 한 사람이 맹주전을 향했다.

"맹주님의 뜻, 군사의 뜻, 어떤 것인지 잘 압니다. 이대로 가면 맹주님의 깊은 뜻에 반한다는 것도, 의미 없는 개죽음을 당한다는 것도 압니다. 하지만 그럼에도 가야겠습니다."

교관 악호였다.

"질책은 황천길 가는 길에 맹주님께 직접 듣겠습니다."

악호가 큰 덩치를 돌려 성큼성큼 걸어갔다.

머리가 이해했다고 꼭 가슴이 따라가는 것은 아니었다.

아닌 줄 알지만 때로는 그 길을 따라야 할 때가 있다.

악호는 지금이 그때라고 생각했다.

*   *   *

널브러진 고견 곁으로 백리소군이 다가왔다.

고운 당혜가 고견의 머리맡에서 멈추었다.

"어떤가요?"

"쿨럭."

대답 대신 기침이 나왔다.

몸이 들썩이면서 부러진 뼈들이 살을 찔렀다.

"아픈가요?"

걱정은 조금도 담겨 있지 않은 말투였다.

월천망아가 바닥에 떨어져 있던 고견의 검을 들고 왔다.

"고마워요, 오라버니."

백리소군이 검을 받으며 이제는 월천망아가 되어버린 백리현에게 생긋 미소를 지었다.

백리현, 아니, 월천망아의 표정은 변화가 없었다.

텅 빈 듯한 동공에 음울한 얼굴이 그가 움직이나 살아 있지 않은 존재임을 보여주었다.

고개 돌린 백리소군이 고견을 내려다보았다.

더없이 화사한 미소가 어려 있었다.

검이 고견을 향했다.

검끝은 점점 내려가 고견의 목에 닿았다.

"여기죠?"

고견이 백리현을 찔렀던 곳, 정확히 그 부위에 검끝이 닿았다.

"말했잖아요. 원수를 갚는다고."

요사스런 얼굴에 살기가 어렸다.

살기는 아름다운 얼굴과 어우러져 치명적인 매력을 발산하고 있었다.

"느껴봐요. 오라버니가 죽을 때 어떤 기분이었는지."

고견은 눈을 감았다.

흐려서 제대로 보이지 않는 눈이었지만, 죽는 순간에 혹시 보여줄지도 모를 찡그린 표정을 최대한 막아내고 싶었다.

*   *   *

사람들은 움직이지 않았다.

갈등이 아니라, 몸이 따라주지 않기 때문이었다.

발걸음을 내디뎌야 하는데 신경은 온통 맹주전으로 가 있었다.

"에이."

누군가 돌아섰다.

권하는 이도, 만류하는 이도 없었다.

또 한 명이 돌아섰다.

다섯이, 열이, 백이……

가슴을 따라 뒤로 돌아섰다.

막상 몸을 돌리고 나니 마음이 편해졌다.

굳어 있던 얼굴이 원래의 모습을 회복했다.

홀가분함.

그 안엔 생에 대한 미련도 죽음에 대한 걱정도 없었다.

"그래, 까짓것."

발걸음이 가벼웠다.

역시 가야 할 길은 맹 바깥이 아니라, 맹주전 쪽이었다.

그랬다.

무사란 그런 것이었다.

생과 사의 갈림길에서 아슬아슬한 줄타기를 하는 존재, 항상 죽음을 곁에 두고 한순간을 생의 마지막이라 생각하고 살아가는 존재, 의미 없는 헛된 죽음일 것이란 것을 뻔히 알면서도, 무사란 그렇게 행동하는 존재들이었다.

"와아아아아!"

전신으로 끓어오르는 거센 함성이 무림맹 전체를 크게 울렸다.

걸어가던 발걸음이 달음박질이 되고, 진기를 가득 머금은 칼들이 시퍼런 칼날을 번뜩이며 정기(正氣)를 뿜어댔다.

저 벽을 넘어서면, 저 문을 넘어서면, 그곳이 바로 지옥이었다.

목이 날아가고 사지가 뜯겨 나갈 생지옥이었다.

그러나 누구도 두려워하지 않았다.

저마다 얼굴 가득 광채를 내뿜으며, 무림맹 무사들은 너 나 할 것 없이 모두가 맹주전으로 힘차게 달려갔다.

"가자!"

그들의 외침이 천지를 진동시켰다.

*   *   *

"들리나요?"

들리지 않을 리가 없었다.

"호호. 걱정되나 봐요. 얼굴에 잔뜩 구름이 꼈네."

백리소군이 요사스레 웃었다.

"당신이 목표였어요. 당신만 죽일 생각이었죠. 한데 생각이 바뀌었어요. 이대로 단숨에 당신을 죽이는 건 별로인 것 같거든요."

'안 돼.'

고견은 가슴이 탔다.

들려오는 함성은 한둘이 내는 소리가 아니었다.

수백, 수천을 넘는 소리였다.

죽음이 당연한 사지로 수천이 넘는 무사가 제 발로 걸어 들어오고 있는 것이었다.

'제갈문 이놈아, 네놈은 대체 뭘 했던 거냐?'

제갈문을 원망했다.

무사들을 제대로 피신시키지 못한 제갈문이 원망스러웠다.

자신이 죽는 이유, 이렇게 바닥에 누워 온갖 모욕을 받고 있는 이유가 오직 무사들의 생존에 있었는데, 결국 허사가 될 지경이었다.

"물러가라!"

사자후가 터졌다.

고견이 최후의 힘을 짜내 크게 소리 질렀다.

다가오는 무사들에게 똑똑히 들리도록, 넘어가는 숨을 억지로 부여잡으며 단말마처럼 고함을 외쳤다.

"쿨럭."

시커먼 피가 입 밖으로 터져 나왔다.

"헉헉."

숨이 거칠어졌다.

머리가 어지럽고, 세상이 붉게 보였다.

그러나 원통하고 분한 마음이 그 모든 것을 잊게 했다.

"안 돼……."

너무도 간절한 마음이 입을 타고 흘러나왔다.

분해서 미칠 것만 같았다.

죽을 만큼 원통했다.

"똑똑히 보세요."

백리소군이 속삭였다.

"저들이 어떻게 죽어가는지, 두 눈과 두 귀로 똑똑히 보고
들으세요. 꽤 볼만할 거예요. 전, 무척 기대가 되네요. 호호호
호호."

요망한 웃음소리가 들렸다.

"오라버니."

백리소군이 월천망아를 불렀다.

얼음을 뒤집어쓴 듯 차가운 얼굴에 사이한 기운이 가득했
다.

"다 죽여요."

아름다운 음색이 죽음을 명했다.

"모조리."

월천망아의 표정 없는 얼굴이 함성이 들리는 쪽으로 돌아
갔다.

제8장
득의(得意)

　어린 시절을 떠올리면 온갖 감정이 들끓었다.

　버리고, 버리고, 버리려 해도 마음에 각인된 숱한 기억과 감정은 절대 사라지지 않았다.

　그립고, 행복했고, 그러다 슬펐다.

　떠오르는 기억을 따라 감정의 폭풍이 쉴 새 없이 몰아쳤다.

　차라리 나를 잊을 수는 있을지언정, 버렸다 되찾은 인간의 감정은 마음의 문밖을 절대 나서려 하지 않았다.

　지우려 수만 번을 노력했지만, 결국 원하는 곳에 닿을 수가 없었다.

　끝이 보이지 않는 미로와 같았다.

어느 순간, 설운의 생각이 바뀌었다.

지우려 하지 않고 내버려 두었다.

어린 시절을 생각하면 떠오르는 부모, 친우, 이웃, 누가 되었든 떠오르면 떠오르는 대로 내버려 두었다.

막지 않았고, 보내지 않았다.

그리고 그리워했다.

부모를, 친우를, 이웃을.

기억하다 아프면 다시 아파했다.

슬퍼했고, 때로는 미워했다.

하염없이 파고들었다.

떠오르는 대로 내버려 두는 것이 아니라, 그리우면 한없이 그리워했다.

되새기고, 되새기고, 되새기면서 감정의 극을 파고들었다.

그리움이 무뎌지면 슬퍼했다.

가슴이 미어지도록 통곡을 했고, 목이 쉬도록 울어도 보았다.

더 이상 슬퍼할 일이 없을 때면 억지로 슬픔을 만들기도 했다.

그것마저 무뎌져 눈물이 말랐을 때, 설운은 비로소 슬픔을 보낼 수 있었다.

                    *   *   *

 얼마의 시간이 흘렀는지 모른다.

 영겁 같기도 했고, 찰나인 것 같기도 했다.

 먹고 싶은 생각이 사라졌다.

 여자를 품고 싶은 마음도 없었다.

 명예는 애초에 그의 것이 아니었고, 재물엔 욕심이 없었다.

 잠도 오지 않았다.

 기쁨이 사라지고, 화가 사그라졌다.

 슬픔도, 즐거움도 마음속엔 남아 있지 않았고, 더 이상 사
랑도 미움도 그에겐 없었다.

 바라는 것마저 잊어버리니 설운의 마음엔 아무것도 남은
게 없었다.

 설운은 깨달았다.

 마음과 생각을 버린다는 것은 결국 오욕과 칠정을 버리는
것이란 걸.

 파령은 그렇게 설운을 찾아왔다.

 파령을 이루자 자연스레 선악의 구별이 무의미해졌다.

 옳고 그름에 대한 기준은 결국 인간의 마음에서부터 출발
하는 것, 아무것도 담겨 있지 않은 마음에 선악 또한 아무런
의미를 가질 수 없었다.

 그것은 금쇄신마(禁碎神魔)의 비의(秘義).

설운이 마침내 파령금쇄신마의 본의(本意)에 도달한 것이었다.

명상에 잠긴 설운의 미간에서 좁쌀만 한 작은 빛 망울이 맺히기 시작했다.

영롱하면서도 아름다운 작은 빛은 점점 자라 콩알만 해지더니, 이윽고 거대한 파도가 되어 설운의 전신을 덮어가기 시작했다.

시야가 바뀌었다.

설운의 눈앞에 하늘이 펼쳐졌다.

드넓은 구름 위로 새파란 하늘이 모습을 드러냈다.

산이 보이고, 물이 보였다.

학이 날고, 범이 춤을 추며, 시원한 나무 그늘 아래에 용이 잠을 자고 있었다.

'선계인가?'

환상처럼 펼쳐진 눈앞의 광경에 설운의 표정이 잠시 넋을 잃은 듯했다.

설운이 좌우를 둘러보았다.

하얀 구름 위로 신선의 세계가 끝없이 펼쳐져 있었다.

발밑은 시커먼 어둠이었지만, 발끝 바로 앞이 구름 위 세상이었다.

누구도 일러준 적이 없었지만, 지금 저 넓은 구름 위로 발을 내딛는 것이 바로 소요상운경에 드는 것임을 깨달았다.

그것은 선인의 길.

궁극의 도에 이르는 길이었다.

파령금쇄신마공은 소요상운경에 이르는 절세 무공이었다.

파령금쇄신마공을 지나 다시 소요상운경에 이르는 것이 아니라, 그 자체가 소요상운경으로 이끄는 궁극의 무공이었던 것이었다.

사라락.

손을 내밀자 무언가가 빠져나가는 느낌이 들었다.

인간이란 존재가 가진 온갖 것이 따사로운 햇빛 아래 물이 증발하듯 사라져 가고 있음을 느낄 수 있었다.

설운은 인세의 극단(極端)에 서 있었다.

또한 그것은 새로운 세상을 향한 입구였다.

한없이 넓고 자유로운 세상.

그 어떤 것에도 한계가 없는 세상.

시간도 공간도 제약받지 않고, 무한한 영생이 펼쳐지는 세상.

이른바 선계의 문이 열린 것이었다.

'한 발.'

필요한 것은 단 한 발이었다.

단 한 번의 걸음으로 설운은 그 어떤 제약도, 굴레도 없는 선인의 세계에 들 수 있게 되었다.

우화하여 등선에 이른 자들과 마찬가지로 설운 또한 그 길을 갈 수 있게 되었다.

불생불멸의 영원한 섭리 안에 자신을 들이게 된 것이었다.

사아아.

바람이 불어왔다.

시원하면서도 상쾌한 바람.

머리카락이, 옷자락이 바람에 잔잔히 나부꼈다.

심신이 맑아지며 천령개가 활짝 열렸다.

설운을 감싸고 있던 빛이 정수리를 타고 하늘로 퍼져 갔다.

그 빈자리를 새로이 불어오는 바람이 대신 자리했다.

사라져 갔다.

등 위에 남았을 어두운 속세의 모든 기억이 사라져 갔다.

업(業)을 이루던 인연들이 끊어져 갔고, 육신과 정신을 가
두고 있던 마지막 껍질마저 흩어져 갔다.

'한 발.'

오직 한 발이 남았을 뿐이었다.

*   *   *

―세상을 지켜주오.

갑자기 어디선가 목소리가 들렸다.

—지켜주오…….

간절한 목소리.

가슴이 울리고, 어딘가 뭉클해졌다.

'뭐지?

뺨이 촉촉했다.

손을 들어 대어보니 물기에 젖었다.

눈물.

자신이 흘리고 있는 줄도 모르고 있었던 눈물이었다.

알 수 없었다.

기쁨도, 슬픔도 잊어버린 자신에게 눈물이라니.

아무렇지 않은데, 자신은 아무것도 느낄 수 없는데, 눈물은 뺨을 타고 흘러내렸다.

마음은 명경처럼 고요한데, 알 수 없는 눈물이 뺨을 타고 흘렀다.

—수십이 죽을 것이고, 수백, 수천이 죽을 것이다. 네가 나를 막아내지 못하는 한, 천하는 거대한 피의 수레바퀴 속에 파묻힐 것이야.

다른 목소리가 들렸다.

─사랑해요.

그리고 또 다른 목소리…….

손을 들어 젖은 눈을 닦아내자, 하얀 구름 위의 푸른 하늘이 여전히 펼쳐져 있었다.

뒤를 돌아보았다.

짙은 어둠 속으로 사람들이 비명과 외침 속에 죽어가는 모습이 보였다.

고개를 돌렸다.

발을 내려다보았다.

'한 발.'

그것이면 족했다.

그것으로 모든 게 끝난다.

'내디뎌야 한다.'

속세의 부질없는 인연은 그 한 발로 끊어질 것이다.

망설일 필요가 없었다.

설운이 구름 위로 발을 들었다.

영롱한 빛무리가 설운을 감싸 돌며 앞길을 인도했다.

이제 디디기만 하면 된다.

그렇게 함으로써 모든 번민과 번뇌는 사라지고, 업의 굴레에서 벗어나 근원의 세계에 이를 수 있다.

단 한 발 내리는 것으로…….

하지만 디딜 수 없었다.

볼을 타고 흐르는 눈물이 내딛는 발길을 가로막았다.

'하아.'

버릴 수 없었다.

다 버렸다고 생각했지만, 버릴 수 없었다.

설운이 깨닫지 못하는 내면 깊은 곳의 간절한 울림이 설운의 마지막 한 발을 사로잡아 버렸다.

—세상을 지켜주오.

버릴 수 없었다.

그 한마디를 버릴 수 없었다.

그것은 설운의 욕망.

설운에게 남은 마지막 인간성의 발로였다.

구름이 사라져 갔다.

푸른 하늘이 자취를 감추었다.

노닐던 학도, 춤추던 범도, 잠자던 용도, 모두 형체를 감추었다.

보이던 모든 것이 사라지고, 감은 눈에 비치던 어둠만이 남았다.

모든 게 한순간의 꿈처럼 사라져 갔다.

　　　　　*　　　*　　　*

　창밖으로 아침 햇빛이 비치었다.

　째잭.

　상쾌한 공기 속으로 새소리가 들려왔다.

　모든 것이 새로웠다.

　늘 보던 아침 햇빛도, 자주 듣던 새소리도, 설운에겐 처음 겪는 것들 마냥 새롭게 다가왔다.

　의식하지 않아도 감각은 무한히 열려 있었다.

　보려 하지 않아도 모든 것이 보였고, 듣지 않아도 세상의 소리가 귀로 전해졌다.

　한없이 가벼운 몸, 맑은 시내처럼 개운한 머리.

　설운은 자신이 다시 새롭게 태어났음을 느낄 수 있었다.

　그것은 진정한 조화경의 경지.

　비록 선인에 미칠 바는 못 되었지만, 인세의 그 누구도 부럽지 않을 지고의 경지였다.

　'그랬던가?'

　설운은 자신이 겪었던 찰나이자 영겁의 시간을 상기해 보았다.

　파령을 지나 금쇄신마를 깨닫고 소요상운의 경지에 이르렀던 일.

　마지막 한 발을 남겨두고 다시 속세의 삶으로 내려서야 했던 일.

다 버린 줄 알았는데 단 하나의 걱정이 욕망이 되어 소요상운의 경지에 이르지 못했다.

아쉽지는 않았다.

누구도 아닌 자신 스스로의 선택이었기 때문에 안타깝지도, 후회되지도 않았다.

'그랬던가?'

사부를 생각했다.

그 또한 설운이 갔던 길을 갔을 것이다.

소요상운의 경지 앞에서 그 역시 설운과 같은 선택을 했을 테지.

설운을 붙잡은 것은 세상에 대한 걱정이었다.

그렇다면 사부는?

'사부를 붙잡은 것은 과연 무엇이었을까?'

설운 자신처럼 세상에 대한 걱정이었을까?

알 수 없는 일이었다.

다만 분명한 것은 있었다.

'변할 테지.'

사부가 자신과 같은 길을 걸었고 그 결과가 지금의 모습이라면, 설운 또한 언젠가 사부처럼 죽지 않는 괴물이 되어 세상을 떠돌게 될 것이다.

소요상운경에 대한 이야기를 듣고 희망을 가졌었다.

사부와 같은 존재가 되는 것이 아니라 그 이상의 존재가 되어 사부도, 자신도 막아낼 것이라고.

그러나 결과는 이것이었다.

피하고자 했지만 결국엔 같은 길을 걷게 되었다.

'정녕 피할 수 없는 숙명인가?'

설운은 탄식했다.

아직은 남아 있는 올바른 인성이 앞날을 걱정하게 했다.

설운은 알았다.

이제 자신은 자신의 의지로 죽을 수 없는 존재가 되었다는 것을.

악몽과도 같은 숙명의 수레바퀴가 사부에 이어 자신에게도 내려졌다는 것을.

그래서 세상을 구하려다 세상을 파괴하는 극악의 존재가 되어버렸다는 것을…….

지독한 모순이었다.

*   *   *

"어떡하지?"

안명이 맹주전을 향하는 무인들을 보며 어쩔 줄을 몰라 했다.

이미 말릴 수 있는 분위기가 아니었다.

충분히 공감되는 일이기도 했고.

"동참해야 하나?"

입장이 난처해졌다.

이대로 물러서자니 눈앞의 무인들이 걱정되었다.

그렇다고 함께 가자니 뻔히 보이는 결말이었다.

"최대한 살려요."

옥유경의 판단은 확고했다.

"안타깝지만 가서는 안 되는 길이에요. 마음 편하게 죽는 것보다는 불편해도 사람들을 살려야 해요."

옥유경의 뜻은 확고했다.

"그건 그렇지."

맞는 말이었다.

순간의 감정으로 끝이 분명한 참혹한 결과를 좌시할 순 없었다.

불편해도, 비겁해 보여도, 살 사람은 살려야 했다.

아무리 가슴이 거부해도 말이다.

"이한."

"네, 사형."

"변한 건 없다. 최대한 설득해서 사람들을 데리고 이곳을 빠져나간다."

"알겠습니다."

이한이 굳게 대답을 하고는 무인들을 되돌려 세우기 위해 분주히 움직였다.

강제할 순 없었지만, 최대한 설득하고 사람들을 붙잡았다.

하지만 대부분 사람들의 반응은 확고했다.

맹주전으로 가는 것.

그러나 천룡문 문도들은 조금도 포기하지 않고 한 명이라도 더 데리고 나갈 생각에 이리저리 바삐 움직였다.

'한 명이라도 더!'

오직 그 생각뿐이었다.

*   *   *

함성을 지르며 다가오는 무인들을 향해 월천망아가 움직였다.

얼음 위를 미끄러져 가듯 매끄러운 몸놀림이었다.

백리소군은 요사스런 눈빛으로 가만히 그 모습을 지켜보았다.

"안 돼……."

고견의 앓는 소리가 희미하게 들려왔다.

"잘 봐요. 곧 재밌는 광경이 펼쳐질 테니. 호호호."

절대적 힘을 가진 요녀의 웃음소리가 고견의 심장을 후벼 팠다.

'안 돼.'

장면이 그려졌다.

괴물의 일수에 수십이 부서지고, 일수에 수백이 터져 나가는 끔찍한 장면이 머릿속에 그려졌다.

그가 할 수 있으니 저 괴물은 그보다 더할 것이었다.

'한 번만. 제발 한 번만⋯⋯.'

고견이 이를 악물었다.

어떻게든 몸을 움직이려 애를 썼다.

원정지기마저 상해 버려 언제 죽어도 이상할 것이 없는 고견이었지만, 강한 집념은 죽음을 넘어서고 있었다.

꿈틀.

손끝이 움직였다.

'이익!'

손이 움직였다.

'조금만 더!'

한계를 넘어 미친 듯 애쓰던 고견의 팔이 조금씩 위로 들리기 시작했다.

고견의 노력에 하늘이 감동했을까, 마침내 고견이 팔로 땅을 짚고 상체를 일으켜 세웠다.

기가 모두 빠져나간 고견의 몸은 껍데기만 남은 상태였다.

손끝을 움직이는 것만도 놀랄 일이었는데, 그의 강한 의지는 마침내 몸을 움직이는 단계에까지 이르게 했다.

고견이 비틀거리며 백리소군에게 다가갔다.

품 안에 손을 넣어 안에 있던 작은 비수를 움켜쥐었다.

서늘한 칼날이 예사롭지 않아 보였다.

참마비(斬魔匕).

무림삼대기병(奇兵)에 당당히 이름을 올리고 있던 신병(神兵)이자, 고씨 가문에 대대로 전해져 내려오던 기보였다.

무공을 모르는 아이가 쥐었다 해도 능히 절정고수를 해할 수 있을 만큼 참마비의 예기는 타의 추종을 불허했다.

만약 그 안에 내공을 담을 수만 있다면 절대고수의 호신강기마저 능히 파훼할 수 있는 절대 신병이었다.

고견이 내공을 잃고 움직일 힘조차 부족하다 해도, 백리소군의 숨통을 끊는 데는 아무 문제가 없을 것이었다.

백리소군 바로 곁에 선 고견이 참마비를 들어 그녀의 목에 날을 들이댔다.

날카로운 칼날이 백옥 같은 백리소군의 목덜미에 실금처럼 가는 상처를 만들었다.

"멈춰라."

쥐어짜낸 목소리가 백리소군을 위협했다.

"멈추지 않는다면 네년부터 죽을 것이야."

조금의 허세도 없는 진심이었다.

"그래요?"

백리소군은 웃었다.

위급한 상황임에도 백리소군은 담담했다.

"나를 위협해 오라버니를 멈추시겠다? 호호, 이거 참 재밌는데요?"

백리소군이 웃으면서 목에 닿은 칼날이 더 깊은 상처를 만들어냈다.

"그럼 죽여요."

뒤도 돌아보지 않고, 조금의 망설임도 없이, 백리소군은 자기 말을 했다.

그 모습 어디에서도 두려움이나 걱정은 보이지 않았다.

"단순한 협박이 아니다!"

고견이 칼날을 조금 더 들이댔다.

베인 상처로부터 피가 흘러내렸다.

하지만 백리소군은 조금도 동요하지 않았다.

"말했잖아요. 죽이라고. 당신이 나를 죽이든 말든, 오라버니의 행동엔 변화가 없을 거예요."

백리소군의 시선이 월천망아를 쫓았다.

"아, 차이가 있긴 하겠네요. 내가 살아 있다면 당신과 이 자리에 있는 사람들의 죽음으로 모든 게 끝나겠지만, 내가 죽는다면……."

백리소군의 눈길이 뒤에 서 있는 고견을 향했다.

"천하인 모두가 죽을 때까지 오라버닌 살생을 멈추지 않겠죠. 누구도 그를 제어할 수 없을 테니 말이에요. 호호호."

"정녕 네년은 미쳤구나!"

"호호호호호."

기꺼운 웃음소리가 사방으로 퍼졌다.

곧 닥칠 혈겁을 예비하듯 백리소군의 웃음소리는 진득한 피 냄새를 품고 맹주전 뜨락을 적셔 나갔다.

"글쎄?"

그 순간, 바람처럼 누군가가 나타났다.

"과연 그럴까?"

고저(高低)가 없는 독특한 억양이 무감각하게 들려왔다.

낯선 목소리.

하지만 어딘가 익숙한 목소리.

웃던 백리소군이 웃음을 멈추었다.

싸아악.

소름이 돋았다.

뱀의 혓바닥이 맨살 위를 더듬듯 섬뜩하고 두려운 기운이 전신을 휘감았다.

'아니야.'

그가 생각났다.

보는 것만으로도 두려움을 주는 존재.

감히 눈조차 마주칠 수 없는 절대적 공포를 가진 존재.

분명 그의 목소리가 아님에도 그의 기운이 느껴졌다.

본능에 아로새겨진 그에 대한 공포가 백리소군을 빠르게 두려움의 구렁텅이로 밀어 넣었다.

몸이 사시나무 떨리듯 떨렸다.

저리는 오금에 가만히 서 있기조차 힘들었다.

'누구지?'

궁금했다.

하지만 차마 고개 돌려 바라볼 수 없었다.

두려워서, 너무나 두려웠기 때문이었다.

"큭!"

목소리의 주인이 백리소군의 멱을 움켜쥐었다.

억센 손이 조금의 자비도 없이 백리소군의 숨길을 옥죄었다.

"끄윽."

숨이 막힌 백리소군이 버둥거리며 몸부림을 쳤다.

금세 얼굴이 붉어지고, 이마에 핏줄이 섰다.

퍽퍽.

백리소군이 두 주먹으로 사내의 팔을 마구 때렸다.

살기 위해, 목을 쥔 손을 풀기 위해 미친 듯 팔을 휘둘렀다.

그러나 손은 굳센 나무처럼 미동도 없었다.

사내의 손을 풀기엔 백리소군의 두 손이 너무 연약했다.

사내가 백리소군의 몸을 위로 들어 올렸다.

들려진 백리소군의 몸이 손의 주인과 마주했다.

눈앞에 손의 주인이 기다리고 있었다.

표정 없는 얼굴, 차가운 인상, 그리고 투명한 두 눈동자.

"커헉!"

운경의 모습을 한 설운이었다.

           *   *   *

　―정혼처만 없었다면 자네에게 소개라도 시켜주고 싶은
데…….

어느 밤, 설운과 술잔을 주고받던 백리성이 그런 말을 했었
다.

당시 백리소군은 철혈문 문주의 아들과 정혼한 상태였다.

두 문파의 정략결혼이라 했다.

무림에서의 입지를 다지기 위해 당시 승삼세로 명성이 높
아가던 두 문파가 서로의 이익을 위해 결정한 사안이라 했다.

만약 그렇지만 않았다면 설운을 그녀와 맺어주고 싶다며
백리성은 안타까운 속내를 드러냈었다.

아쉬워하던 백리성의 얼굴이 떠올랐다.

혈육을 아끼고, 설운 자신을 아껴주던 진실된 마음이 생각
났다.

　―감사 인사를 전하러 왔습니다. 오라비의 목숨을 구해준 은
인이신데…….

비 내리던 날.

백리소군이 처음 자신을 찾아왔던 때가 기억났다.

다과를 들고 숙소까지 찾아와 얼굴을 살짝 붉히던 청초한 모습이 생생했다.

정혼한 몸으로 외간 사내의 방을 찾아왔던 그녀, 그녀가 그 날 어떤 생각으로 자신을 찾아왔던지 당시엔 신경 쓰지 않았 었다.

하지만 적어도 그녀가 자신에게 적지 않은 호감을 품고 있 었음은 알고 있었다.

—잘 가요.

세가를 떠나던 날, 그녀가 했던 말.

멀리 떠나가던 자신에게 소리 대신 입 모양으로 전해주던 말.

설운은 그녀를 기억하고 있었다.

운경의 얼굴로 가려진 설운의 본모습을 그녀는 모르겠지 만, 설운은 그녀를 여전히 잘 기억하고 있었다.

"커어억."

백리소군이 신음 소리를 냈다.

하얗고 청순하던 얼굴은 숨이 막혀 붉게 달아오른 채 이마
엔 핏줄이 터질듯 부풀어 올랐다.

백리소군이 설운의 손을 꽉 쥐었다.

살기 위해 손을 부여잡고 몸부림을 쳤다.

하지만 설운은 목을 쥔 손을 풀어주지 않았다.

지난 과거일 뿐이었다.

그녀가, 백리성이 무슨 생각을 했든, 지난 과거의 기억일
뿐이었다.

돌이키면 좋은 추억이지만, 옛 기억이 스며들기엔 설운의
마음이 너무 차가웠다.

그녀는 적.

사부의 종일 뿐이었다.

"꺼어어."

백리소군의 검은 동자가 위로 올라가며 눈에 흰자가 커졌
다.

숨이 막힌 백리소군의 몸부림이 더욱 거세졌다.

아름다운 얼굴을 잔뜩 찡그린 채 고통에 몸부림쳤다.

그러나 설운은 요지부동, 싸늘한 얼굴 어디에도 동요의 모
습은 보이지 않았다.

"오라… 버니."

모진 고통 속에 백리소군이 월천망아를 불렀다.

"오라… 버……."

거의 들리지 않을 희미한 목소리였다.

"오라……."

백리소군이 주문처럼 오라버니를 찾았다.

마지막 구명줄이라도 되는 듯 연신 오라버니만 찾았다.

너무 작아 곁에서도 제대로 들리지 않을 목소리.

하지만 영적 교류라도 있는 것일까.

"끼이이이익!"

무림맹 무사들 쪽으로 움직이던 월천망아가 기이한 소리
를 내며 설운에게로 날아들었다.

고오오오오.

근처에 오기도 전에 강한 풍압이 태풍처럼 몰아쳤다.

백리소군의 절박함을 알기라도 하는 듯, 월천망아는 맹렬
한 기세를 뿜어내며 설운 쪽으로 날아왔다.

두 손에 시커먼 묵빛 강기가 피어났다.

삼화경 고수의 이기어검조차 뚫지 못한 극강의 수강(手罡)
이 설운을 노리며 달려들었다.

설운이 손을 들었다.

그러나 향하는 곳은 월천망아가 오는 쪽이 아니라, 고견이
서 있는 방향이었다.

거의 정신을 잃은 고견의 맥문을 가만히 움켜쥐고는 몸으
로 그를 보호했다.

쿠아앙!

강력한 폭음이 산천을 진동시켰다.

월천망아의 우장이 설운의 등을 강하게 내려친 것이었다.

월천망아의 공세는 강력하다.

예전 동방우가 그랬고, 이제 고견이 또한 그랬듯이, 삼화경의 고수라 해도 쉬이 막지 못할 수공(手攻)이었다.

하지만 설운은 여전히 그 자리에 그대로 서 있었다.

아무 일도 일어나지 않은 것처럼 태연자약한 모습이었다.

설운의 손에 맥문이 잡힌 고견 또한 피해를 입지 않았다.

설운의 기가 그를 보호한 것이었다.

"끼이익!"

첫 번째 공세가 아무런 효과를 보지 못하자 월천망아가 더욱 흉포해졌다.

전신을 묵빛 강기로 가득 메운 채 벼락같이 이장을 내질렀다.

태산이라도 무너뜨릴 만한 강한 공세였다.

설운이 고견의 맥문을 놓았다.

그러고는 재차 달려드는 월천망아를 향해 손을 뻗었다.

콰쾅!

설운의 가슴과 배에서 둔중한 소리가 연이어 터졌다.

설운은 아랑곳하지 않고 월천망아의 목을 틀어쥐었다.

잡은 것이 아니라, 와서 잡힌 것처럼 자연스런 동작이었다.

"끼아악!"

목을 잡힌 월천망아가 설운의 팔을 내려쳤다.

하지만 강철처럼 단단한 설운의 팔은 아무런 이상이 없었다.

무너지지 않는 단단한 철벽처럼 설운은 굳건히 서 있었다.

한 손엔 백리소군을, 다른 한 손엔 월천망아를, 설운이 양 손에 두 남매를 쥐어 들고는 둘의 얼굴을 자신의 눈높이에 맞추었다.

"버러지 같은 것들."

싸늘한 냉소가 터졌다.

벌레를 보듯 경멸하는 눈빛이었다.

유리알처럼 투명한 눈동자가 둘을 쳐다봤다.

무채색 동공이 죽음을 예견했다.

그 안엔 어떤 자비도 없었다.

"살… 려……."

백리소군이 목숨을 구걸했다.

"제……."

뒷말이 제대로 이어지지 못했다.

분명 제발이라는 간곡한 부탁이었으리라.

설운은 말을 않았다.

대답 대신 손에 힘을 주었다.

뚝.

백리소군의 목이 먼저 꺾이고.

뚜두둑.

월천망아의 목이 바스러졌다.

툭.

몸과 분리된 월천망아의 목이 땅에 떨어졌다.

투둑.

이어 몸이 땅 위에 내버려졌다.

털썩.

백리소군의 시체 또한 바닥에 버려지기는 매한가지였다.

야망이 컸던 남매.

시대의 일인자가 되고야 말겠다며 큰 포부를 키워왔던 두 남매의 꿈이 종말을 맞이하는 순간이었다.

*   *   *

위엄은 당황스러웠다.

코앞에 서 있던 월천망아가 갑자기 사라진 탓이었다.

애초 의기와 협기로 달려왔지만, 가까이서 본 월천망아의 모습은 모든 기세를 꺾어버렸다.

보는 순간 죽음이 떠오를 만큼 월천망아는 무서운 존재였다.

어찌할 도리 없이 꼼짝없이 죽겠구나 하고 생각했는데 갑자기 사라지니 풀어진 긴장에 두 다리가 후들거렸다.

영문 모르고 서 있을 무렵, 폭음이 들려왔다.

이어 세찬 폭풍이 뒤를 이었다.

"무슨 일이지? 쿨럭."

소맷자락으로 입 주변을 가리곤 한 손으로 시야를 가린 먼지를 흩뜨렸다.

분명 충돌의 증거였다.

절대고수들의 대결에서 흔히 볼 수 있는 상황이었다.

위염이 안력을 높여 자세히 살폈다.

먼지 사이로 월천망아로 보이는 것이 누군가의 손에 잡혀 있는 광경이 눈에 들어왔다.

그 무시무시하던 월천망아가 저 꼴이라니.

"설마?"

위염이 뭔가를 떠올리고는 얼굴에 반색을 했다.

그가 알기로 천하에서 월천망아를 상대할 수 있는 이는 오직 한 사람뿐이었다.

지난 마각과의 전쟁에서 월천망아 넷을 홀로 상대한 사람.

그 무경이 너무도 높아 누구도 감히 범접할 수 없는 절대적 존재.

무림인 모두가 신검이란 미명으로 예찬하는 천하제일인.

바로 운경이었다.

"운 대협!"

위염이 기쁨에 찬 목소리로 설운을 불렀다.

그다.

그가 분명했다.

"운 대협?"

"호법?"

"신검?"

곳곳에서 사람들의 목소리가 들려왔다.

저마다 부르는 호칭은 달랐어도, 그들의 목소리에 어려 있는 환희는 모두 같았다.

"이야야야야아."

우레 같은 함성이 울려 퍼졌다.

"신검이다!"

"신검께서 오셨다."

그가 왔다.

죽음을 목전에 둔 상황에서 거짓말처럼 그가 나타난 것이었다.

무인들은 저마다의 병기를 위로 쳐들고 크게 환호했다.

위기의 순간에 나타나 그들을 구해준 난세의 영웅을 연호했다.

"우와아아아."

함성은 갈수록 커졌고, 맹주전 앞마당을 넘어 무림맹 곳곳으로 퍼져 갔다.

"신검?"

안명이 들었고, 이한이 들었다.

"공자……."

그늘졌던 옥유경이 그 소리를 들었다.

"설 공자가 온 모양이야."

안명이 안면 가득 웃음을 띠며 옥유경을 바라봤다.

두 눈에 안도가 가득했다.

옥유경이 힘차게 고개를 끄덕이곤 뒤로 돌았다.

표현 못했지만 마음고생이 컸던 옥유경이 눈가가 젖을 만큼 기뻐하고, 안도했다.

"뭐해?"

안명이 씩 웃으며 옥유경을 보았다.

어서 가보라는 뜻이었다.

긴장과 부담으로 굳어 있던 그의 얼굴 역시 원래대로 풀려 있었다.

"먼저 갈게요."

머뭇거릴 이유가 없었다.

옥유경이 안명과 눈을 맞추고는 신형을 위로 뽑아 올렸다.

늘씬한 몸이 흰 선을 그리며 허공을 날았다.

향하는 곳은 맹주전, 그녀의 임이 서 있는 곳이었다.

제9장

사랑해요

무림맹 약전(藥殿).

고견이 전신에 붕대를 두른 채 침상에 누워 있었다.

곳곳에 배어 있는 핏자국과 다친 뼈를 고정시키기 위한 부목 등이 그의 상세가 그리 간단하지 않음을 보여주고 있었지만, 잠을 자듯 안정된 호흡은 최소한 그가 죽을 고비는 넘겼음을 대변해 주었다.

은은히 비쳐 드는 햇살을 받으며 고견이 감았던 눈을 떴다.

"어떠십니까? 좀 괜찮으십니까?"

곁에 앉아 있던 설운이 안부를 물었다.

"괜찮아."

고견이 가볍게 웃으며 고개를 끄덕였다.

몸을 움직이는 것이 힘들 만큼 중한 상세였지만 적어도 죽지는 않을 테니 말 그대로 괜찮은 상태였다.

"늦어서 죄송합니다."

설운이 사과를 표했다.

그가 무림맹을 떠나지 않았다면 벌어지지 않았을 일이었다.

연유야 어쨌든 미안한 마음이 앞섰다.

"됐어."

신경 쓸 고견이 아니었다.

"그보다 어찌 된 거야?"

고견이 다른 말을 꺼냈다.

갑자기 무림맹을 떠났던 이유를 묻는 것이었다.

"확인할 것이 있었습니다."

"사부와 관련해서?"

"뭐, 그렇다고 볼 수도 있지만……."

"혹시 소요상운경과 관련된 것이었나?"

고견이 설운이 떠나던 날 마지막으로 나누었던 대화를 떠올렸다.

제갈문이 소요상운경에 대해 얘기를 꺼냈던 것, 듣고 있던 설운이 갑자기 자리를 일어났던 것.

분명 그와 관련된 일일 것이었다.

"네, 어르신."

소요상운경에 대한 얘기를 듣고 떠오른 생각이 있었다.

예상대로라면 사부를 물리친다 해도 설운 자신은 모든 문제가 해결되지 않았다.

사부는 사라지겠지만 설운이 그 자리를 대신하게 되는 것이다.

하나의 문제는 해결되겠지만, 결국 사람만 바뀔 뿐 근본적인 문제는 그대로 남게 되는 상황이었다.

소요상운경.

설운은 그것을 해결책으로 보았다.

그래서 천룡문을 찾아갔다.

보다 구체적인 얘기를 듣기 위해서.

"그래, 자네가 원하던 답은 들었는가?"

"그렇습니다."

다문륜은 가능할 것이라 말했다.

소요상운경에 이를 수 있다면 제이의 사부가 되지 않고서 사부를 물리칠 수 있을 것이라 했다.

그리고 실제로 가능한 얘기였다.

모든 걸 다 버렸다면.

"그래? 잘되었구먼."

고견이 반색을 했다.

일의 자초지종을 모르는 상황에서 당연한 반응이었다.

"네."

대답은 했지만 설운의 얼굴은 씁쓸했다.

"틀어졌나?"

고견이 설운의 표정을 읽었다.

"네."

"불가능한 일이던가?"

"그건 아니었습니다."

설운이 고개를 가로저었다.

"이럭저럭해서 소요상운경에 발을 디딜 수는 있었습니다. 정확히는 바로 앞까지 갔었지요."

"정말인가?"

놀라운 말이었다.

설운의 능력에 대해서는 이미 잘 알고 있었지만 새삼 놀라웠다.

"그 경지가 실제했단 말이지?"

"네, 어르신."

놀라웠다.

그리고 대견했다.

고견은 수십 년을 노력하여 삼화경에 올랐다.

뛰어난 오성과 자질, 그리고 끊임없는 노력의 결과였다.

적수를 찾기 힘들었고, 우내팔존이란 영명으로 무림의 우러름을 받았다.

그런 그도 삼화경이 한계였다.

조화경은 고사하고 천화경의 초입에도 이르지 못했었다.

그런데 저 젊은 청년은 그 모든 것을 다 뛰어넘었다.

'소요상운경이라니……'

듣고도 놀라울 뿐이었다.

"한데 틀어졌다는 건 무슨 말인가?"

발을 디뎠다고 했었다.

그 말은 그 경지를 보았다는 말이다.

고수의 경지에서 보았다는 것은 곧 도달했음을 의미한다.

일단 보았다면 곧 체득한 것이었다.

물론 마지막에 틀어지는 경우도 있었다.

손에 다 잡았다가 놓쳐 버린 물고기처럼 순간 깨달음을 얻었다가 잠깐의 실수로 놓쳐 버리는 경우도 있긴 했다.

하지만 그런 경우의 대부분은 확실히 경지를 본 것은 아니었다.

막연하고 흐릿하게 그 경지를 엿본 경우이고, 그런 경우는 보았다고 확정 짓진 않는다.

"마지막 한 가지가 남았었습니다."

"그게 무엇이었나?"

"미련."

"미련?"

"네. 미련이었습니다."

설운은 자신이 도달했던 경지를 얘기해 주었다.

어려울 것은 없었다.

본래 도(道)란 말을 넘어서는 어떤 것이 있어 제대로 설명해 주기란 사실상 불가능에 가깝다.

때문에 많은 고승이나 도사들이 비유적이고 함축적인 말로 도를 설명하는 수밖엔 없어, 배우는 이나 듣는 이들이 모두 어려움을 겪을 수밖에 없었다.

하지만 설운의 경우는 달랐다.

과정을 말하긴 힘들겠지만 경지를 표현하는 것은 어렵지 않았다.

자신이 본 그대로를 전하면 되는 일이었기 때문이었다.

"선계를 보았구먼."

놀라운 말이었다.

그래서 더욱 안타까웠다.

"버리지 그랬나?"

사람에 대한 연민과 책임감이 설운의 발목을 잡았다.

한발 코앞에 선경을 두고 뒤로 물러서야 했다.

"이깟 세상 그냥 흐르는 대로 내버려 두고, 자네는 갈 길을 가지 그랬어."

아쉬움이 묻어나는 소리였다.

하나 말은 그리했지만 고견은 설운이 절대 그런 선택을 못하리란 걸 잘 알았다.

애초 소요상운경을 바랐던 것이 순수한 무경에 대한 동경이 아니라 이 땅에 살고 있는 이들을 위한 걱정에서 출발한 것이었으니 말이다.

"그래도 보았으니 다시 오를 수 있겠지."

고견이 희망을 얘기했다.

막연한 것이 아니라 분명히 가는 길을 보았다.

길을 아는 이상 언제고 다시 그 길을 갈 수 있으리라.

하지만 설운은 대답을 하지 못했다.

이제 지난 일이라고, 길은 이미 막혀 버렸다고, 차마 말할 수 없었다.

고견이 설운의 표정에서 그것을 읽었다.

더는 얘기를 꺼낼 수 없었다.

"이제 어떡할 텐가?"

"글쎄요……."

설운이 얘기한 대로라면 소요상운경에 이르는 것은 끝난 얘기였다.

이젠 원래의 예정대로 사부를 상대해야 했다.

"사부를 이길 수 있겠는가?"

고견이 설운의 두 눈을 번갈아 보며 질문을 던졌다.

까맣던 눈동자가 투명해졌다.

의도하지 않아도 자연스럽게 나타나는 현상이었다.

무림맹을 떠날 때만 해도 저렇지 않았었다.

어찌 되었든 설운에겐 변화가 생겼다.

그가 바라던 파령기의 정수를 얻었을지도 몰랐다.

아니, 그게 분명했다.

"확실히는 모르겠습니다. 제가 이길 수 있을지, 없을지. 다만 허무하게 밀리지는 않겠지요."

"그 후에는?"

고견이 그 뒤를 물었다.

아픈 질문이었다.

"그 또한 모르겠습니다."

설운은 아무 말도 할 수 없었다.

예정된 대로라면 사부를 이긴다 해도 그가 사부의 길을 따라가게 될 것이었다.

"정녕 다른 방도가 없단 말이지?"

사정을 알게 된 고견이 답답함을 토로했다.

괜찮아 보이던 안색이 차츰 흐려졌다.

몸이 완전하지 않은 상태에서 대화가 길어졌고, 그 대화의 내용 또한 부정적인 것들이다 보니 몸도 마음도 무척 피로함을 느꼈다.

"쉬십시오. 안색이 좋지 못하십니다."

고견은 대답 없이 눈을 감았다.

현기증이 일었지만 마음의 부담이 오는 잠마저 달아나게

했다.

* * *

숙소로 들어서는 설운을 옥유경이 가만히 다가와 안아주
었다.

아무런 말 없이, 따스한 두 팔로 설운을 감싸며 한참을 그
렇게 서 있었다.

설운은 편안했다.

아무런 생각도 들지 않고 포근함만 느꼈다.

옥유경은 휴식이었다.

지친 몸과 마음을 다스려주는 편안한 휴식.

"사랑해요."

옥유경의 말 한마디가 모든 고단함을 다 씻어주는 듯했다.

―나는 저주를 받았소.

설운이 월천망아를 물리치던 날, 옥유경을 보며 말했다.

세상을 걱정했기에 받아야 했던 모순된 형벌을 담담히 털
어놓았다.

옥유경은 울었다.

짧은 말 속에 담긴 그의 아픔을 읽을 수 있었기에 안 그러

려고 했지만, 흐르는 눈물을 참지 못했다.

―떠날까요?

힘든 연인들이 가장 흔히 하는 말을 옥유경이 꺼냈다.

아무도 없는 곳, 누구도 알아보지 못하는 곳, 세상을 등진 채 오직 둘만 바라보며 살 수 있는 곳.

옥유경은 젖은 눈매 아래 미소를 보이며 그렇게 물었다.

아닌 줄 알면서, 안 되는 줄 알면서, 옥유경은 그렇게 물었고, 설운은 웃으며 그러자고 했다.

그럴 수 있다면, 그럴 수만 있다면, 정말 그러고 싶었다.

설운이 세상을 떠나지 못한 가장 큰 이유가 그녀 때문일지도 몰랐으니…….

*   *   *

둘만의 뜨거운 시간이 지나고, 둘은 벌거벗은 채 침상 위에 나란히 누웠다.

욕정의 시간이었다.

마음속 어딘가에 있었을 서로에 대한 애틋함이 그 어느 때보다 서로를 갈구하게 했었다.

폭풍처럼, 화산처럼, 둘은 꺼지지 않는 열정으로 서로를 탐

닉했다.

밀려왔던 파도가 다시 또 밀려오듯, 서로에 대한 열정은 긴 시간 동안 뜨겁게 타올랐고, 마주 잡은 두 손은 영원히 떨어지지 않을 듯 꼭 붙어 있었다.

옥유경이 한 팔을 머리에 기댄 채 비스듬히 누워 설운을 보았다.

발그스레한 두 볼에 사랑이 묻어 있었다.

"사랑해요."

길고 하얀 손가락이 그의 볼을 쓰다듬었다.

"사랑해요."

도톰한 입술이 설운의 뺨에 가 닿았다.

설운은 가만히 팔로 그녀를 감쌌다.

매끈한 등을 손으로 어루만지며, 그녀에 대한 애정을 전했다.

"사랑해요."

옥유경이 설운의 가슴에 가만히 얼굴을 묻었다.

'사랑해요.'

옥유경은 연신 그 말을 반복했다.

겉으로, 또 속으로……

수천 번 반복해도 모자란 말이었다.

설운이 그녀를 안아주었다.

옥유경이 비 맞은 강아지처럼 품 안을 파고들었다.

"그가 찾아올까요?"

옥유경이 물었다.

따스한 숨결이 가슴에 와 닿았다.

"당신이 파령기를 얻은 것을 그도 분명 알고 있겠죠?"

숨결 사이로 불안이 묻어났다.

설운은 답 대신 그녀를 꼭 안아주었다.

걱정하지 말라고, 당신 곁엔 내가 있다고, 아무 일 없을 테니 그만 걱정 놓으라고.

설운은 말을 하는 대신 그녀를 안았다.

"사랑해요."

─사랑해요.

옥유경이 유달리 그 말을 자주 했다.

전혀 안 했던 건 아니지만, 이렇듯 자주 쓰는 말은 아니었다.

불안한 것이었다.

설운이 혈령인 것도, 언제고 그의 사부와 일전을 치러야 한다는 것도, 이미 알고 있던 사실이었다.

하지만 그것은 단지 아는 사실이었다.

사부가 기한을 정했고, 설운이 그 기한 내에 어떻게든 답을 찾으려 애써왔지만, 아직은 미래의 일로 여겨졌었다.

그랬는데 달라졌다.

투명한 눈빛으로 변한 그를 보았을 때, 옥유경은 내색하진 않았지만 큰 충격을 받았다.

알고 있었지만 막상 현실이 되어 눈앞에 나타나니 받아들이기가 힘이 들었다.

겁이 났다.

생각 속에만 존재했던 일이었는데, 변한 설운의 모습을 보니 생각을 넘어서는 무거운 현실 앞에 두려움이 앞섰다.

잃을 것 같고, 놓칠 것만 같았다.

이렇게 함께 있어도, 그가 이토록 자신을 꽉 잡아주고 있음에도, 불안은 쉬이 가시지 않았다.

"사랑해요."

말이 주문처럼 나왔다.

꼭 그래야만 아무 일도 생기지 않을 것처럼, 저도 모르게 말이 튀어나왔다.

"걱정 마오."

설운이 그녀를 다독였다.

짧지만 확실한 말로 그녀를 안심시키려 했다.

하지만 그 말이 떨리는 여인의 마음을 붙잡을 순 없었다.

"사랑해요."

주문이 끝없이 이어졌다.

　다음 날, 설운이 고견을 보고 나오니 밖에 제갈문이 기다리고 있었다.

　"할 말이 있습니다."

　제갈문이 설운에게 대화를 청했다.

　지나칠 정도로 예의 바른 목소리였다.

　하대를 하던 말투 또한 존대로 변해 있었다.

　그만큼 무림에서 설운의 위치를 높이 인정한다는 뜻이었다.

　"그러시지요."

　설운이 두말 않고 앞장서 걸었다.

　제갈문의 입장에선 여전히 설운을 마주하는 게 편하진 않았다.

　그가 자신과 고견, 나아가 무림맹 무인들의 목숨을 구해줬지만 굳어 있던 마음이 단번에 풀리지는 않았다.

　하지만 내색할 수 없었다.

　지금은 사적인 원한보다는 무림의 미래를 더 신경 써야 할 때였으니.

　그런 제갈문의 마음을 잘 알고 있던 설운은 작은 행동들로 그를 배려했다.

　언제고 편하게 마주할 날을 기대하면서 말이다.

언제가 될진 모르겠지만.

설운이 앞장서 걸어간 곳은 무림맹 호법전, 자신이 공무를 보는 곳이었다.

설운이 수하에게 사람의 출입을 금하라 이르고 자신의 방으로 들어갔다.

이어 따라 들어선 제갈문에게 자리를 권하고는, 편하게 자기 자리에 몸을 앉혔다.

"파령기를 얻었다고 들었습니다."

투명한 눈을 보며 제갈문이 먼저 입을 열었다.

"그렇게 되었습니다."

설운이 파령기를 얻었다는 얘기를 들었다.

적어도 사부를 상대할 최소한의 요건은 갖춘 셈이었다.

"그가 찾아올 거라 보십니까? 아니면 직접 찾아 나설 생각이십니까?"

조건이 갖춰졌으니 만나도 이상하진 않으리라.

"일단은 기다릴 생각입니다. 사실 찾아 나서려 해도 그가 어디 있을지 모르니 나서기도 어렵구요. 아마 찾아올 겁니다. 제가 성취를 이루었든 아니든, 그는 자신이 정한 날짜에 저를 만나러 올 겁니다."

"호법께서 파령기를 얻었다는 소식을 듣는다면 방문이 더 빨라지지 않을까요?"

설운은 고개를 저었다.

"그렇진 않을 겁니다. 적어도 그는, 그가 한 말을 지키거든요. 옳든 그르든, 빈말은 없는 사람입니다."

"그렇습니까?"

"적어도 지금까지는 그래왔습니다. 냉혹하리만큼 철저히 자기 말을 지키는 사람이었죠."

"그렇다면……."

"기다리는 수밖에요."

그 길 외엔 다른 방도가 없었다.

"묻고 싶은 게 더 있습니다."

"편히 말씀하세요."

"듣기로 호법께서 그를 물리쳐도 문제가 있다고 들었습니다."

설운의 처지를 말하는 것이었다.

"사실입니다."

"허허. 참."

제갈문이 쓰게 웃으며 고개를 절레절레 흔들었다.

산 너머 산이라더니.

하나의 난제를 해결하면 또 하나의 난제가 발생한다.

"대책은 마련되어 있습니까?"

"없습니다."

설운이 담담히 답을 했다.

"정말 듣던 것처럼 호법께서 제이의 하후영이 된단 말씀입니까? 다른 가능성은 조금도 없이?"

"그렇습니다. 지금 제가 알기론 그렇습니다."

설운이 차분하게 대답을 주었다.

"확실한 얘깁니까?"

"제가 알기론 그렇습니다."

"끄응."

제갈문이 앓는 소리를 내며 고개를 숙였다.

그러다 이내 고개를 들더니 따지듯 말을 이어갔다.

"하지만 멀쩡하시지 않습니까?"

"심성이 바로 변하지는 않는 모양입니다."

"그 부분은 잘 모르시는군요?"

설운이 고개를 끄덕였다.

"그 부분에 대해선 자세히 들은 바가 없어 잘 알지 못합니다. 확실한 건 어쨌든 제가 변할 것이란 거죠. 당장이든, 먼 훗날이든, 언제고……."

"잘 모르신다……."

제갈문이 혼잣말처럼 말을 되뇌었다.

그러곤 잠시 말을 닫고 곰곰이 뭔가를 생각하는 듯했다.

"알겠습니다. 그 부분은 제가 따로 연구를 해보죠."

제갈문이 뭔가 떠오르는 게 있는 모양이었다.

"그건 그렇고 호법, 뵌 김에 다른 얘기도 해야겠습니다."

"말씀하십시오."

"아시다시피 지금 맹주께선 병석에 계십니다."

"네."

"들으셨는지 모르겠지만, 의원들의 말로는 잃으신 무공을 되찾는 게 거의 불가능할 것이라 합니다."

"알고 있습니다."

설운이 고개를 끄덕였다.

의원의 말이 아니더라도 누구보다 설운이 그 사실을 잘 알고 있었다.

월천망아를 상대하기 위해 원정지기까지 사용한 고건은 그때 죽어도 이상할 것이 없는 상태였다.

설운이 늦지 않게 도착해 그의 원정지기를 보완해 주었지만, 그가 온전히 다 회복한 것은 아니었다.

병석에서 일어나 일상생활을 할 수 있을진 모르나, 두 번 다시 무공을 익히진 못할 것이었다.

"무림맹은 정파 연합입니다."

"네."

"그러나 모두가 올곧은 것은 아닙니다."

"전에도 비슷한 말씀을 하셨지요."

"흑도련이 사라진 지금, 무림맹주란 곧 천하제일을 뜻합니다."

당연한 말이었다.

상대할 세력이 모두 사라진 지금, 무림맹은 강호 유일의 거대 무림 단체였다.

누구도 감히 넘보기 힘든 유일무이의 권력 집단이 된 것이었다.

"말이 나올 겁니다. 맹주께서 저리되신 것을 알고 나면 맹주의 위(位)를 노리는 많은 사람으로부터 이런저런 말이 많을 겁니다. 그전에 뭔가 준비가 있어야 하지 않겠습니까?"

"준비라면 어떤 것을 말씀하심입니까?"

"현 맹주님을 그대로 모시고 갈 것인지, 아니면 새로운 맹주를 추대할 것인지. 만약 새로운 맹주를 추대한다면 누구를, 어떤 방식으로 추대할 것인지……. 정리해야 할 일이 많습니다."

무림맹주는 곧 천하제일인을 의미했다.

당금 무림 정세에서 무림맹은 단순히 정파무림연합을 넘어 무림 전체를 아우를 수 있는 유일한 세력이었기 때문이었다.

아직 나오는 말은 없었지만, 어떤 식으로든 말은 나오게 되어 있었다.

사람이란, 무림의 생리란 그런 것이기 때문이다.

"어찌 생각하십니까?"

제갈문은 무림맹 군사였다.

전쟁 상황이라면 신묘한 계략으로 무림맹의 승리를 위해 나설 것이되, 현재와 같은 평화 시에는 맹주를 대신하여 맹의 전반적인 일 처리를 담당하는 문관으로서의 역할을 하였다.

그런 제갈문이 혼란스런 현 상태에서 유일하게 믿고 의지할 수 있는 존재가 바로 설운이었다.

그가 비록 혈육의 원수였지만 그것은 과거의 일.

무림맹을 해하지 않는 이상, 맹에 도움이 되어주는 이상, 그의 입장에서 가장 신뢰하고 의지할 수 있는 자는 설운이 유일했다.

"제 생각을 물으신다면, 제 입장은 이미 정해져 있습니다."

"무엇입니까?"

"지금 무림맹엔 맹주께서 계십니다. 제 입장은 그것입니다."

─맹주가 있다.

설운의 간단한 말은 곧 고견이 있는 한 맹주 교체는 없을 것이란 말이었다.

아무리 그가 병석에 있고, 일어난다 해도 무공을 더 이상 쓸 수 없는 상태였지만, 그에 대한 설운의 믿음과 지지는 확고한 것이었다.

"알겠습니다."

제갈문이 더 묻지 않고 얘기를 마무리 지었다.

그 또한 설운의 생각과 다름이 없었던 때문이었다.

대화를 마친 제갈문이 자리에서 일어섰다.

인사를 하고 문을 향하는 제갈문 뒤를 설운이 배웅을 나섰다.

문손잡이를 잡고 문을 열기 직전, 제갈문이 몸을 돌려 설운을 바라보았다.

그러곤 깊이 허리를 숙여 절을 했다.

"왜 이러십니까?"

갑작스런 절에 설운이 살짝 당황할 때, 제갈문이 말을 꺼냈다.

"감사합니다."

"무엇이 말씀입니까?"

"맹주를 구해주신 것, 무림맹을 구해주신 것, 그리고…….
저를 구해주신 것 모두 말씀입니다."

"응당 할 일이었습니다."

설운이 손사래를 치자, 제갈문이 희미하게 웃으며 한마디를 덧붙였다.

"잊지 않겠습니다."

길지 않은 말이었다.

"꼭."

하지만 마음 깊은 곳에서 우러나는 진심 어린 말이었다.

'잊지 않으리라.'

제갈문의 다짐이 그의 내면에 확고한 의지로 자리 잡았다.

*　　　*　　　*

무림은 조용했다.

몰아치던 격랑이 그치고, 평화가 찾아왔다.

그러면서 무림은 바빴다.

요당에 피해를 입었던 많은 문파가 안으로 문파 내부를 수습하고, 외적으론 타 문파와의 경쟁에서 뒤지지 않기 위해 이런저런 애를 쓰고 있는 중이었다.

예전 혈령지겁 이후 안정을 찾아가던 무림이 다시금 거센 풍파를 겪고 새로이 무림 정세 개편을 이루어가고 있었다.

세를 과시하던 문파들이 힘을 잃고 쓰러져 갔고, 미약한 힘으로 겨우 견디던 중소 문파들이 기회를 틈타 세력 확장을 도모했다.

안정과 평화가 찾아온 듯했지만 무림은 여전히 경쟁과 생존을 위한 투쟁 속에 있었다.

무림맹도 사정은 비슷했다.

맹주의 병세가 긴 시간 계속되자 알게 모르게 내부 권력을 위한 암투의 조짐이 조금씩 엿보이기 시작했다.

무림 강호에 평화란 어울리지 않는 말이었다.

손에 칼을 쥔 자들이 평화란 가치를 위해 쥐었던 칼을 스스로 내려놓을 리가 없었다.

강호란 그런 곳.

투쟁과 경쟁 속에 하루를 살아가는 거친 생존의 현장이었
다.

*　　*　　*

"찾으셨소?"

위염이 호법전에 들러 설운을 만났다.

은밀히 찾는다는 연락을 받고 조용히 그를 만나러 오는 길
이었다.

"부탁이 있어 오시라 했습니다."

"아이고, 부탁이라니. 당치도 않으시오."

위염이 과장되게 두 손을 저었다.

"무슨 일인지는 모르나, 이 위모, 호법께서 명하시는 일이
라면 목숨을 내놓고서라도 따를 것이오."

듣기에 과하다 싶기도 했지만, 위염의 마음은 진심이었다.

나이와 지위 고하를 떠나 신검은 그래도 될 사람이었다.

평생을 살며 존경할 사람 한 명 찾기가 어려운데, 위염은
그런 사람을 만났다.

단순히 설운이 강자여서가 아니었다.

마각과의 전투에서부터 월천망아와의 결전에 이르기까지,
그가 사람들을 어찌 보고 어찌 대하는지를 누구보다 가까이

서 보아왔기에 내려진 판단이었다.

사람을 아끼는 사람, 무엇보다 사람의 목숨을 소중히 여기는 사람, 약자를 살피고 강자로부터 지켜줄 줄을 아는 사람.

위염은 그런 설운을 진심으로 존경하고 따랐다.

"부탁하실 일이 무엇이오?"

"요즘 무림맹이 돌아가는 분위기는 잘 아시겠죠?"

"분위기라……."

위염이 잠깐 설운의 눈치를 보았다.

"제가 생각하는 그 분위기가 맞소이까?"

"그럴 겁니다."

"허허."

위염이 고개를 끄덕이며 웃음을 지었다.

그가 말한 것은 정치였다.

무림맹과 관련된 정세를 일컬음이었다.

그렇다면 자신을 부른 것은 옳은 선택이었다.

다른 건 몰라도 사람과의 교류나 정세에 대한 판단은 누구보다 뛰어나다고 자부할 수 있는 사람이 위염 자신이었다.

"무엇을 원하시오?"

위염이 넌지시 말을 꺼냈다.

그러면서 속으론 몹시 궁금했다.

본디 설운은(위염의 입장에서는 운경은) 정치와는 거리가 먼 사람이었다.

가까이서 보아왔지만 그가 단 한 번도 정치적 야망이나 욕심을 내비치는 것을 본 적이 없었다.

위염이 보기에 만약 설운이 무림맹을 욕심내었다면 무림맹은 진즉에 그의 손에 떨어졌을 것이었다.

그만큼 그는 강한 자였고, 동시에 그를 따르는 무인이 많았다.

일전, 백리세가가 고견과 설운이 손을 잡고 무림 패권을 노린다는 터무니없는 소문을 흘린 적이 있었다.

경우에 따라서는 큰 오해를 살 수도 있는 소문이었지만, 그 소문은 말 그대로 소문으로 그쳤다.

신검 운경이란 자가 어떠한 자인지 이미 모두들 잘 알고 있는 데다가, 그가 마음만 먹는다면 얼마든지 최고의 자리에 오를 수 있지만 그에게 그럴 마음이 없다는 것을 모르는 사람이 없었기 때문이었다.

그래서 궁금했다.

정치와는 전혀 거리가 멀어 보이는 사람이 정치 얘기라니.

"미리 말씀드리자면 호법께선 모든 것을 갖추셨소. 복잡한 생각 없이 무엇이 되었든 호법께서 뭔가를 원하신다면 그게 곧 호법의 것이 될 상황이란 말씀이오."

위염이 말을 돌렸지만 전하는 의미는 단순했다.

맹주 자리라 하더라도 원한다면 언제든 오를 수 있다는 얘기.

설운이 가만히 고개를 저었다.

"아닙니다."

위염의 말뜻을 못 알아들을 설운이 아니었다.

"그런 뜻으로 오시라 한 것이 아니니, 오해는 마십시오."

"그렇소? 허허. 나는 혹시나 해서 미리 말씀드린 거요. 허허허."

속으로 역시나 하면서 위염이 너털웃음을 웃었다.

"그럼 하실 말씀이 무엇이오? 내 세이경청(洗耳傾聽)하겠소."

위염이 허리를 곧추 세우며 자못 진중한 자세를 취했다.

"아시겠지만 맹주께서 편찮으십니다."

"그렇지요. 아, 참 안타깝소. 어서 쾌차하여 자리에서 일어나서야 할 텐데 말이오."

"그 때문에 알게 모르게 말들이 많은 줄로 압니다."

"그럴 게요."

위염이 눈빛을 반짝였다.

설운이 하고자 하는 말이 어떤 것인지 대충 짐작이 되었기 때문이었다.

설운은 차지하는 자보다는 지키는 자에 어울리는 사람이었다.

그렇다면 결과는 뻔했다.

"경고를 주십시오."

"경고라……."

"누가 되었든 맹주의 자리를 두고 욕심을 내거나 불순한 생각을 품고 있는 자들을 보시면, 강하게 경고를 해주십시오."

"내 이름으로 말이오, 아니면 호법의 이름으로 말이오?"

"제 이름으로입니다."

"누가 되었든?"

"그렇습니다. 누가 되었든."

말을 듣던 위염이 씩 웃었다.

"다른 건 모르겠지만 이번 일만큼은 정말 사람을 잘 고르셨소. 당금 무림에 나만큼 이 일에 잘 어울리는 사람은 없을 게요."

"저도 그렇게 생각합니다."

설운이 위염의 말에 동조했다.

위염은 아는 것이었다.

설운이 어떤 의도로 자신을 불렀는지를.

만약 그가 강하게 옥박지를 생각이었다면 부를 사람은 그가 아닌 다른 사람이었을 것이다.

설운이 자신을 불렀다는 것은 조용히, 겉으로 표시나지 않게 내홍의 기미를 사전에 차단하자는 뜻이었다.

누구든 쉽게 만나고, 만난 자에게 부담 주지 않고 편하게 말을 건넬 수 있는 사람이 바로 위염 자신이었으니 말이다.

"며칠이 지나면 맹주와 관련된 말은 쑥 들어갈 것이오."

"잘 부탁드립니다."

"내가 잘할 게 뭐 있겠소이까? 다 호법께서 가진 능력으로 되는 일이지."

떠벌이기 좋아하는 위염이 스스로를 낮추는 것은 참 보기 드문 광경이었다.

"걱정 마시오. 호법의 뜻을 잘 받들어 잘 처리할 테니."

"감사합니다."

"감사는요. 이리 나를 믿고 불러주셨으니 오히려 내가 감사해야지요. 허허허."

위염이 또 한 번 너털웃음을 터뜨렸다.

누군가로부터 신임을 얻는다는 것, 더구나 그 사람이 자신이 존경하고 따르는 사람이라면, 그것은 두말할 필요 없이 기분 좋은 일이었다.

*   *   *

두 달이 흘렀다.

그동안 맹은 별 탈 없이 움직여갔고, 고견은 치료를 마치고 약전에서 나왔다.

무공은 회복되지 않았다.

그럴 기미도 보이지 않았다.

삼화경의 절대고수였던 고견은 이제 지극히 평범한 노인으로 돌아간 상태였다.

"그만둬야지."

약전을 나오고 며칠 뒤, 고견이 맹주위에서 내려오겠다는 의사를 표현했다.

"무림맹이란 곳이 어디 조그만 친목 모임도 아니고 말야, 아무것도 할 수 없는 늙은 폐물이 꼭대기에 앉아 버티고 있어서는 안 될 일이야."

"아직 정정하시고, 더구나 폐물이란 더욱 어울리지 않는 말씀이십니다."

"다 잃었어. 남은 건 나이 먹은 늙은 몸뚱이 하나뿐이고. 그만 내려갈 때가 되었어."

"아직 무림맹에는 맹주님이 필요합니다."

"다른 능력 있는 사람이 많아. 민폐야. 이만하면 됐어."

제갈문의 설득에도 내려가겠다는 고견의 의사는 확고했다.

"사람이 없습니다."

설운이 옆에서 거들었다.

"왜 사람이 없어? 당장 제갈 문사도 있고, 또 자네도 있지 않은가?"

"혼란의 시기입니다. 지금은 변화보다는 안정이 필요할 때입니다. 더구나 아시다시피 저는 일인자의 재목은 아니잖습니까?"

제갈문은 전형적인 이인자 유형이었다.

뛰어난 두뇌와 감각으로 지존의 뒤를 떠받치는 데는 누구보다 훌륭했지만, 스스로가 지존이 되어 남을 이끌어가는 형태의 사람은 아니었다.

설운은 더 말할 것도 없었다.

그가 맹에 있어주는 것만으로도 감지덕지한 일이었다.

"이제 몇 달 후면 여기 설 호법께서 큰일을 마주하게 됩니다."

사부와의 결전.

"결과가 어떻든 그 이후를 생각해야 합니다. 거기에 맹 내부적으로도 문제는 산적해 있습니다. 지금은 설 호법의 영향으로 수면이 잔잔해 보이지만, 언제든 태풍이 몰아칠 수 있는 것이 맹의 현실입니다. 요당이 망했으나 그 잔당이 온전히 뿌리 뽑힌 것이 아닐 테니 미연의 사태에 대한 방비도 필요하고, 백리세가의 문제도 언제든 다시 터질 수 있는 화약고와 같습니다."

"이제 나에겐 그만한 일들을 감당할 능력이 없네."

"무공이 다가 아닙니다. 아시잖습니까?"

"난, 지쳤네."

"정정하십니다."

"아, 글쎄, 하기 싫다는 데도."

"조금만 더 무림을 생각해 주십시오. 맹주님의 마음 모르는 게 아닙니다."

제갈문의 말은 간곡했다.

고견밖엔 없었다.

맹의 구심점이 되어 앞으로의 일을 대비하기에 그보다 나은 인물을 찾는 것은 불가능한 일이었다.

"다른 이는 안 됩니다. 분열될 것이고, 지리멸렬 엉망이 될 것입니다. 제가 믿고 따르듯, 많은 이가 맹주님을 믿고, 의지하고, 따르고 있습니다."

"하지만……."

"전 무림이 하나가 되어야 합니다. 합심하여 함께하지 못한다면 미증유의 겁란이 닥칠지도 모릅니다. 하후영에 의해서든, 설 호법에 의해서든……."

제갈문의 뒷말은 희미했다.

당사자를 옆에 두고 쉽게 할 수 있는 말이 아니었다.

그러나 숨기지 않았다.

그도 알고, 고견도 알고, 설운도 아는 일이었다.

가리는 것보다는 드러내 함께 해결책을 모색하는 것이 제갈문이 선택한 방향이었다.

"제갈 문사의 말씀이 옳습니다."

설운이 그의 말에 동조를 했다.

내심 불편하긴 했지만, 현실을 외면할 설운이 아니었다.

고견은 입을 닫았다.

아직은 그가 무림을 떠날 때가 아닌 모양이었다.

제10장

의혹(疑惑)

"휴우……."

제갈문이 의자에 몸을 기대며 길게 한숨을 내쉬었다.

피곤했다.

월천망아의 사건 이후, 제대로 푹 자본 날이 며칠이나 되나 싶었다.

무림맹 군사란 직책이 큰일부터 자질구레한 일까지 손댈 곳이 많긴 했지만, 요즘처럼 신경 쓸 일이 많은 날도 참 드물 었다.

맹주의 일부터 시작해서 맹의 대소사 관리, 거기에 혹시 남 아 있을지도 모르는 요당 잔당의 색출과 설운의 문제까지.

몸이 열 개라도 모자랄 것 같은 하루하루였다.

"끄응."

의자에 앉아 잠시 숨을 돌리던 제갈문이 앓는 소리를 내며 자리에서 일어섰다.

앉아 있다간 그대로 잠이 들 것만 같았다.

할 일이 산더미처럼 쌓여 있는데 헛되이 시간을 보낼 수는 없었다.

처리할 일들은 빨리빨리 처리하고, 본격적인 문제로 들어가야 했다.

제갈문이 간단히 세수를 했다.

찬물로 씻고 나니 정신이 맑아지는 기분이었다.

다시 의자에 앉아 마지막 서류 정리까지 마치니 시간이 어느덧 해시가 넘었다.

'오늘도 잠을 푹 자긴 틀렸구나.'

제갈문이 머리를 젓고는 기지개를 쭉 켰다.

사실 밑의 수하들을 시켜 처리하면 될 일도 적잖이 있었다.

무림맹에 인재가 없는 것도 아니고, 그들을 부린다면 업무량은 훨씬 줄어들 것이었다.

하지만 제갈문은 완벽을 추구하는 성격이었다.

일을 처리함에 있어 어떻게든 자신의 손이 닿아야만 안심을 할 수 있었다.

일의 부담은 컸지만, 덕분에 일의 결과에 문제가 생긴다든가 혹은 만족스럽지 못했던 적은 단 한 번도 없었다.

능력 범위를 벗어나면 어쩔 수 없었다.

신이 아닌 이상 그도 한계가 있었다.

하지만 적어도 그가 할 수 있는 범위 내에서 문젯거리란 존재할 수 없었다.

실수를 용납지 못하는 꼼꼼한 성격.

제갈문의 단점이자 장점이었다.

공무를 마친 제갈문이 처소로 돌아갔다.

시비에게 간단한 야식을 부탁하고는 자기 방 한쪽 벽에 서 있는 책장에서 책 한 권을 꺼내 들었다.

그가 직접 적고 있는 책이었다.

'어디 보자……'

제갈문이 책장을 펼쳐 앞에서부터 찬찬히 읽어가기 시작했다.

하후영, 마신궁, 혈령, 파령기, 오백 년…….

눈에 익은 글자들이 군데군데 보였다.

어떤 장에는 글이 빼곡히 차 있었고, 어떤 장에는 서너 자의 글자만 있는 경우도 있었다.

글자 크기나 배열로 보았을 땐, 일반적인 책 저술은 아니었다.

그것은 요 근래 제갈문이 고민하고 있는 설운의 문제를 정
리하고 있던 책이었다.

　생각이 날 때마다, 혹은 그것들을 정리할 필요가 있을 때
그 책자에 내용을 적어오고 있었다.

　'오백 년.'

　정리해 놓은 내용을 읽어가던 제갈문이 오백 년이란 글자
에서 시선을 멈추었다.

　톡톡.

　검지 끝이 글자 위를 가볍게 쳤다.

　어릴 적부터 글을 읽다 생각이 막힐 때면 저도 모르게 나오
는 버릇이었다.

　'오백 년……'

　제갈문의 시선은 오백 년이란 부분에서 한참을 멈추었다.

　더불어 그의 생각도 오백 년이란 글자에 머물러 있었다.

　'인간이 오백 년을 산다.'

　그가 가진 지식과 상식으론 절대 이해할 수 없는 부분이었
다.

　아무리 하후영이 지고의 경지에 오른 절대고수라 해도 너
무 터무니없는 말이었다.

　처음 설운에게 그 얘기를 들었을 땐 그저 놀라운 얘기라 생
각하고 넘어갔다.

　설운의 무공이 이미 경지에 이르러 있었고, 그런 설운조차

감당하지 못하는 고수가 존재한다는 말에 불가능해 보이는 얘기도 신빙성 있게 들렸던 것이었다.

하후영.

누가 그를 모르랴?

고금 이래 가장 강했던 고수를.

다른 이도 아닌 그에 대한 얘기였기에 더욱 신빙성 있게 들렸는지도 모른다.

감히 가늠할 수 없는 무의 경지를 이룬 이였기에 오백 년이 아니라 천 년을 산다 해도 어쩌면 가능할지도 모른다는 생각이 들었던 것이다.

그러나 설운이 소요상운경을 보고 난 뒤, 제갈문의 생각은 바뀌었다.

제갈문은 하후영이 소요상운경에 든 고수라 생각했었다.

때문에 인간이라기보다는 신선에 가까운 존재라 여겼던 것이었다.

그러나 설운이 말을 통해 미루어 보건대 하후영은 소요상운경에 든 자가 아니었다.

흔히 말하는 반선(半仙)의 경지에 올랐을지는 모르나 결코 그가 선인의 자리에 있지는 않다는 말이었다.

신선에 가까운 것과 신선인 것은 엄연히 다른 말이었다.

어쨌든 그에게 인간의 모습이 남아 있는 한, 하후영은 절대 인간의 근원적 한계를 넘어설 수는 없는 것이다.

오백 년은 한 사람의 인간이 살아가기엔 너무 긴 시간이었다.

'무엇이 옳은 것일까?

고민했지만 풀리지 않는 문제였다.

오백 년을 살았다는 사람과 인간은 오백 년을 살 수 없다고 믿는 자신.

'호법이 거짓을 말하진 않았을 테고.'

설운을 생각하다 바로 고개를 저었다.

거짓을 전할 이유도 없었고, 그럴 사람도 아니었다.

'그렇다면……'

제갈문이 밤이 깊도록 혼자만의 생각에 잠겨들었다.

*　　　*　　　*

설운은 생각에 잠겨 있었다.

골똘히 생각하는 대상은 사부였다.

설운이 소요상운경을 보던 날, 그는 세상에 대한 염려와 책임감으로 마지막 한 발을 내디딜 수 없었다.

걸음은 멈췄고, 원하던 곳에 이를 수 없었다.

그때 생각했다.

사부 또한 그처럼 바로 한 발 앞에서 멈추었을지도 모른다고.

'무엇일까?'

궁금했다.

사부 하후영이 마지막 순간에 뒤로 물러서야 했던 이유가 대체 무엇이었을지.

혹시 사부 또한 자신처럼 세상에 대한 걱정이 앞섰던 것은 아닐까?

설운이 고개를 저었다.

아니란 생각이 들었다.

지금 사부의 행태를 보면 전혀 그럴 가능성은 없어 보였다.

아니, 없기를 바랐다.

자신은 사부가 갔던 길을 가고 있었다.

만약 사부 또한 세상을 걱정하며 마지막 한 발을 멈추었다면, 혹시나 하는 작은 희망마저 사라지게 된다.

설운은 사부와 같은 길을 걷고 싶은 마음이 눈곱만큼도 없었다.

이전에도, 이후에도 변하지 않을 사실이었다.

그래서 설운은 부정하고 싶었다.

어떻게든 사부와 다른 길을 가고 싶었다.

어떻게 해서든…….

설운은 스스로를 관조했다.

지금 설운은 무의 경지가 오른 것을 제외한다면 이전과 다를 게 없는 상태였다.

사고도, 감정도 이전과 같았다.

소요상운경에 이르기 위해 억지로 감정을 죽였었고 그 여파가 조금 남아 있긴 했지만, 선계의 문턱에서 물러난 이후로 인간으로서의 감정은 거의 원래대로 돌아와 있는 상태였다.

그래서일까?

자신이 언제 사부처럼 변해갈지 짐작하기란 매우 힘든 일이었다.

눈동자의 변색을 제외하면 어떤 작은 기미도 보이지 않았다.

그래서 희망을 가졌다.

아닌 줄 알면서도 마지막 기대의 끈을 놓을 수는 없었다.

한편으로는 답답한 노릇이기도 했다.

주어진 길이 정해져 있다면, 아예 확정이라도 되었으면 했다.

그렇다면 차라리 마음이 편할 것도 같았다.

대략의 시간이라도 안다면 미리 준비라도 할 텐데, 막연하니 미리 준비하는 것도 어려웠다.

그래서 마음이 오락가락했다.

다만 바라기는, 최소한 급격히 바뀌지만 않기를 소원할 뿐이었다.

생각에 잠겨 있던 설운이 문 쪽으로 시선을 옮겼다.

"들어가도 되겠습니까?"

이어 목소리가 들려왔다.

제갈문의 목소리였다.

"들어오십시오."

설운이 들어서는 제갈문을 맞았다.

늦은 밤의 방문이었지만 신경 쓰지 않았다.

잠에 들지 않은 이상 그를 위한 시간은 얼마든지 내어줄 수 있었다.

요 근래 제갈문은 설운을 방문하는 횟수가 잦았다.

수시로 찾아와서는 이런저런 얘기를 묻곤 했었다.

대부분은 사부에 대한 질문이었다.

설운은 성심성의껏 답해주었다.

아는 것도 있고 모르는 것도 있었지만, 설운은 아는 한 자세하게 그에게 말해주었다.

그가 무엇 때문에 그러는지는 확실히 몰랐지만, 최소한 설운과 나아가서는 강호를 위한 것임은 분명해 보였다.

그것을 알기에 설운은 제갈문의 방문을 거부하지 않았다.

"또 뵙소이다."

자주 찾는 것을 인식해서인지 제갈문의 첫 인사는 그러했다.

"괘념치 마시고 편히 찾아오십시오."

설운이 웃으면서 그를 반겨주었다.

제갈문은 아직 설운을 불편해했지만 설운은 제갈문이 좋았다.

그의 인품과 성정, 그리고 일을 처리하는 능력과 사람을 대하는 올곧은 자세가 다 마음에 들었다.

배울 것이 많은 사람이었다.

"앉으세요."

말과 함께 설운이 웃으며 자리에 앉았고, 늘 그랬듯 제갈문이 설운의 맞은편에 자리를 잡았다.

"오늘도 물어보실 게 있으신 겁니까?"

설운이 은은한 미소로 먼저 말을 꺼냈다.

"허허. 뭐 그렇게 됐습니다."

근자에 자주 봐서 그런지 제갈문의 표정이 많이 풀린 모양새였다.

적어도 겉으로는 설운에 대한 부정적인 마음을 읽을 수가 없었다.

"말씀해 보십시오. 성심성의껏 답하겠습니다."

"고맙습니다. 그나저나 자꾸 번거롭게 해서 죄송합니다."

제갈문이 설운에게 고개 숙여 절을 했다.

상대에게 죄송함을 전하는 예의 바른 말과 함께.

하지만 설운은 그 말을 들으면서 제갈문과 자신의 거리가 아직은 멀리 있다는 것을 느낄 수 있었다.

친했다면, 가까운 사이였다면, 저런 말과 행동은 하지 않았을 테니.

그러나 신경 쓰지 않았다.

머지않아 서로가 허물없는 사이가 될 날이 올 것이라고 굳게 믿었으니 말이다.

"설 호법."

제갈문이 말을 꺼냈다.

청수한 얼굴이 진지해졌다.

"오늘 내가 호법을 찾아온 것은……."

"잠깐만요."

제갈문의 말이 채 이어지기도 전에 설운이 갑자기 그의 말을 중단시켰다.

제갈문이 의아한 얼굴로 설운을 쳐다보았다.

말을 꺼내기도 전에 대화를 자른 경우는 처음이었다.

듣기 싫은 표정도 아닌데 말이다.

"괜찮으시다면 잠시만 기다려 주시겠습니까?"

설운이 미안한 표정으로 양해를 구했다.

"무슨 일이라도……?"

"손님이 오고 계셔서요."

"선약이 있으셨습니까?"

"아뇨. 약속이 있었던 것은 아닌데, 지금 맹주께서 여기로 오고 계십니다. 잠시 있으면 도착하실 것 같은데, 대화 도중에 얘기를 끊기가 그래서요. 그러니 잠시만 기다려 주시겠습니까?"

고견이 약속 없이 설운을 만나러 오는 모양이었다.

말하는 상황을 보니 아마 호법전으로 오고 있는 맹주의 기척을 느낀 모양이었다.

제갈문 자신은 못 느꼈지만.

"알겠습니다. 기다리지요."

"맹주께서 함께 계셔도 상관없겠습니까?"

제갈문이 고개를 가로저었다.

"상관없는 얘기입니다. 그동안 설 호법과 나눈 얘기와 별반 다르지 않은 내용이니까요."

"그렇다면 다행입니다."

설운이 살짝 미소를 지었다.

야심한 밤에 맹주가 자신을 찾을 일은 거의 없었다.

그렇게 해야 할 만큼 화급한 일이 맹 내에는 없었다.

설운의 귀로 찰랑거리는 소리가 들렸다.

밤에 맹주가 들고 오는 찰랑거리는 물건이라······.

술이 분명했다.

아마 잠이 오지 않아 술 한잔 나누자고 오는 모양이었다.

오늘따라 밤늦게 손님이 많았다.

제갈문은 자리에 가만히 앉아 맹주를 기다렸다.

자신은 못 느꼈지만 설운이 오고 있다 하니 맞을 게다.

"흐음······."

그런데 생각보다 시간이 오래 걸렸다.

이쯤이면 오겠구나 라고 생각한 때가 이미 지났는데 아직 맹주의 기척은 느껴지지 않았다.

설운의 경지가 제갈문의 예상치를 뛰어넘었다.

판단력에 있어서 중원 제일이란 말이 무색하지 않은 그였지만 설운의 능력은 제대로 가늠되지 않았다.

제갈문이 설운을 유심히 바라보았다.

설운의 무공이 경지가 높고, 자신과 많은 격차가 있다는 것을 알았지만 새삼 대단해 보였다.

제갈문의 표정이 묘해졌다.

밝지도 어둡지도 않은, 뭔가 어색한 표정이었다.

'왜 그였을까?

설운은 심성이 발랐다.

대(大)를 볼 줄 알고, 사사로움을 물릴 줄 알았다.

천하를 위해 자신의 이익을 포기할 줄도 알았고, 사람을 위해 자신을 희생할 줄도 알았다.

그런 그가 혈령귀마였다.

안타까웠다.

설운의 지금 모습은 누구도 부정 못 할 대협의 풍모였는데, 그와 얽힌 지난 과거가 그에 대한 호감을 가로막았다.

그가 예전에 혈령귀마가 아니었다면, 그가 자신의 원수가 아니었다면 얼마나 좋았을까?

호감을, 존경을, 아무런 거리낌 없이 실컷 표현할 수 있었을 텐데…….

볼 때마다 아쉬웠다.

그가 혈령귀마였다는 사실이 그를 대할 때마다 제갈문을 괴롭게 했다.

'아직 멀었다.'

제갈문은 속 좁은 자신을 탓했다.

지난 과거는 탈탈 털어버리고 현재를 보며 살지 못하는 자신을 자책했다.

그러나 누가 그를 욕할 수 있을까?

그는 사람인 것을.

감정을 가진 인간이 아비와 형제를 죽인 자를 아무렇지 않게 받아들이기란 절대 쉽지 않을 일임을 누가 부정할 수 있을까?

언제고, 어떤 식으로든 풀릴 일이겠지만, 아직은 응어리가 다 풀리지 않았다.

'풀릴까?'

장담 못 할 말이었다.

얼마 후, 제갈문의 기감에 호법전 안을 걸어오는 고견의 기척이 잡혔다.

제법 긴 시간이 지난 후였다.

설운이 말한 후부터 이때까지의 시간을 고려해 보면 고견이 맹주전을 나서고 얼마지 않아 설운이 그 기척을 느꼈어야 할 거리였다.

대단했다.

그리고 인정했다.

설운은 이미 사람임을 넘어선 존재였다.

문이 열리고 고견이 모습을 드러냈다.

"군사께서도 와계셨는가?"

고견이 제갈문을 보고 반가이 아는 척을 했다.

"어서 오십시오, 맹주."

자리에 일어서 있던 제갈문이 인사를 하고 고견을 상석으로 인도했다.

"그래, 무슨 일로 오셨던가?"

고견이 만면에 웃음을 띠고 제갈문에게 용건을 물었다.

"나눌 대화가 있어서 왔습니다. 맹주께서는요?"

"나? 허허허. 나야 그냥 바람도 쐴 겸 겸사겸사 들렀지. 맹주전에 가만히 있자니 여간 좀이 쑤셔야 말이지."

고견이 웃으며 너스레를 떨었다.

"그나저나 내가 와서 얘기가 끊긴 건 아닌가? 그랬다면 미안하구만. 자네가 있을 거라곤 생각지도 않아서 말일세."

"아닙니다."

제갈문이 손사래를 쳤다.

"아직 얘기 전이었습니다."

"그런가? 그렇다면 다행이고……. 그럼 애기들 나누시게. 난 이만 일어날 테니."

"가시려구요?"

설운이 일어서는 고견을 보며 물었다.

"애기했잖은가. 둘이 대화 중인 걸 몰랐다고. 늙었지만 눈치마저 나이 먹진 않았으니 그만 일어나겠네. 그럼 먼저 가네."

무공은 잃었어도 깐깐하면서도 호쾌한 성품은 그대로였다.

"아닙니다. 계셔도 하등 상관없으니 그냥 앉아계십시오."

제갈문이 넉넉한 웃음으로 나가려는 고견을 만류했다.

"아니, 계시면 더 좋습니다. 그렇잖아도 언제 맹주님께도 드릴 말씀이었으니."

"나에게도 할 말이었다?"

"그렇습니다, 맹주."

"그래?"

일어서던 고견이 다시 자리에 앉았다.

제갈문과 설운을 보는 눈에 호기심이 가득했다.

잠 오지 않는 밤이었는데 마침 잘됐다 싶었다.

"자, 그럼 애기를 시작해 볼까요?"

설운이 제갈문을 보았다.

제갈문이 잠깐 설운과 고견을 보고는 말을 꺼내기 시작

했다.

"오늘 드릴 말씀은 하후영에 관한 것입니다."

설운은 잠자코 고개만 끄덕였다.

예상했던 화제였다.

제갈문이 그를 찾는 가장 큰 이유가 거기에 있었으니 당연히 그 말이 나올 것이라 생각했다.

"본론부터 꺼내자면, 하후영에 대해 우리가 한 가지 짚고 가야 할 부분이 있습니다."

"그래?"

고견이 상체를 숙이며 관심을 표했다.

"설 호법께서 얘기하신 말 가운데 하후영이 오백 년을 살았다는 부분이 있잖습니까?"

"네."

"저는 당최 그게 믿기지가 않습니다. 처음에야 경황이 없고, 또 그럴 수도 있겠지 했었는데 이게 생각하면 생각할수록 기이하단 말씀입니다."

"이해됩니다."

"그거야 나도 마찬가지지. 설 호법이 그렇다고 해서 그러려니 하고는 있지만, 생각할수록 신기한 일이란 말이지."

고견이 맞장구를 쳤다.

"생각을 해봤습니다. 그게 과연 가능한 일인지 아닌지, 혹시라도 그게 불가능한 일이라면 대체 어째서 그것이 사실이라 믿게 되었는지."

제갈문은 의심을 했다.

진실이라 믿고 있던 것을 부정하고, 자신이 생각하기에 납득할 수 있는 것들만 새롭게 추려보았다.

"설 호법도, 저도, 맹주님도, 오백 년을 살진 않았습니다. 다시 말해 누구도 그가 오백 년을 살아온 것을 보지 못했다는 얘기죠. 그런데 왜 믿을까? 단순했습니다. 설 호법이 얘기했으니까요. 제가, 맹주께서, 설 호법에 대한 신뢰가 있었기에 설 호법의 말을 진실이라 믿고 받아들인 겁니다."

"그렇지."

고견이 고개를 끄덕였다.

"그렇다면 설 호법께서는 그 말을 어째서 진실이라 믿게 되었을까요? 제 생각엔 설 호법께서도 누군가 믿을 수 있는 사람으로부터 그 얘기를 들었기 때문이겠지요. 그게 누가 되었든 말입니다. 아닙니까?"

사실이었다.

설운 또한 오백 년을 산 게 아니었다.

당연히 보고 들은 것으로 사실이란 판단한 것이었다.

설운이 보고 들은 것은 세 가지였다.

사부, 전마비록, 그리고 천룡문주.

"하후영은 제외하겠습니다. 당사자니까요. 그렇다면 천룡문주가 남겠군요. 그는 누구로부터 들었을까요? 하후영에게

서? 아니면 천룡문에서 대대로 내려오는 얘기로부터? 어쨌든 그 역시 자신이 직접 보고 겪은 일은 아니란 말입니다. 그렇지 않습니까?"

"자네 말은 어쩌면 우리가 진실이라 믿고 있던 것이 사실은 거짓일 수도 있다는 말인가?"

"그렇습니다, 맹주. 그리고 저는 진실이 아니라는 쪽에 더 마음이 갑니다."

전혀 생각해 보지 않은 얘기였다.

당연하다고 생각했던 것들이 당연하지 않을 수도 있다는 말이었다.

'왜?'

그렇다면 새로운 의문이 생긴다.

그가 왜 거짓을 말했는지.

천룡문주는 왜 설운에게 거짓을 사실이라 전해주었는지.

설운이 생각에 빠진 사이 제갈문의 말이 이어졌다.

"생각해 볼 건 또 있습니다."

"말해보시게."

고견이 제갈문의 말에 귀를 기울였다.

"이 년의 기한 말입니다."

"그게 왜?"

"하후영은 왜 설 호법에게 이 년의 기한을 주었을까요?"

"그야 그 안에 답을 찾아라 뭐 이런 거 아니겠나?"

"오백 년을 기다린 사람입니다. 왜 지금에 와서 이 년이란 말입니까?"

"그 부분은 제가 말씀드리겠습니다."

설운이 사부와의 일에 대해 말을 꺼냈다.

―혈령은 궁주를 죽이기 위한 검이다. 그것이 그가 존재하는 이유. 예전에 내가 그랬듯이, 이제 네가 그래야 한다.

―저는 절대로 그러지 않을 것입니다.

―함부로 자신하지 말거라.

―전, 이전과 다릅니다.

―맹주전에 가보아라. 가서 봐라. 그리고 느껴봐라. 너의 그 생각이 얼마나 부질없는 것인지. 수십이 죽을 것이고, 수백, 수천이 죽을 것이다. 네가 나를 막아내지 못하는 한, 천하는 거대한 피의 수레바퀴 속에 파묻힐 것이야.

―전 그러지 않을 겁니다.

―이 년의 시간을 주마. 지금의 너는 절대 나를 어찌할 수 없을 것이니, 내 너에게 이 년의 유예를 주마. 이 년 후 나는 중원무림을 칠 것이다. 동에서 서에서 남에서 북에서. 마신궁의 진정한 힘이 천하를 유린해 갈 것이다. 네가 나를 막는다면 천하는 살 것이나, 네가 나를 막지 못한다면 천하는 피에 잠길 것이다.

"백리성 대협께서 사부의 손에 돌아가셨습니다. 이유는 하나, 저를 자극하기 위함이었지요. 저를 자극해 사부를 죽일 수 있는 힘을 얻도록 강요했습니다. 거부했지요. 하나 사부는 제가 거부하지 못하도록 천하무림을 걸고 절 위협했습니다. 저로서는 선택의 여지가 없었습니다. 이 년은 제게 준 마지막 시한이었구요."

"그래서 이상합니다."

제갈문이 다시금 의문을 제기했다.

"하후영은 오백 년을 기다렸습니다. 오 년, 오십 년도 아닌 오백 년입니다. 저로서는 상상도 안 되는 긴 시간입니다. 그렇게 긴 시간을 버티고 살아온 하후영이 어찌 몇 년을 못 참았을까요? 전에 호법께서 그런 말씀을 하셨지요. 하후영에게 세상은 유희라는 말씀 말입니다. 죽지도 않고, 죽을 수도 없는 그에게 세상은 그의 지루함을 달래주는 놀잇감일 뿐이라고 말입니다."

"그랬습니다."

"그러니 이상하지 않습니까? 설 호법은 오백 년 만에 만난 가능성 있는 제자였습니다. 저라면 말입니다, 좀 더 놀겠습니다. 설 호법이 하후영 자신을 죽일 수 있을 만큼 제대로 클 때까지 좀 더 즐기고 놀겠습니다. 채 익지도 않은 열매를 따기 위해 서두를 것이 아니라 제대로 익을 때까지 즐겁게 기다릴 것이란 말입니다."

"마음이 급했을 수도 있지 않겠나? 오백 년을 기다렸으니 더 조급증이 생겼을 수도 있고."

"그렇다면 왜 지금 찾아오지 않는 걸까요? 그토록 죽기를 염원했다면 이 년의 기한이 다 될 때까지 기다리지 않고 당장에라도 달려와야 하지 않겠습니까?"

"뜸을 들이는 것일 수도 있지. 어쨌든 마지막이니까. 설익은 밥보단 제대로 익은 밥을 먹고 싶을 게 아닌가?"

고견은 제갈문의 얘기에 반론을 펼쳤다.

그의 말 또한 타당성이 있는 말이었다.

설운은 가만히 듣기만 했다.

제갈문의 말도, 고견의 말도, 모두 일리가 있었다.

그의 입장에서 누구의 생각이 옳은지 판단 내리기는 어려웠다.

다만 제갈문이 제기한 의문은 확실히 설운에게 신선한 충격으로 다가왔다.

전혀 생각해 보지 못했던 사실들.

기존의 믿음을 뒤흔드는 그의 의혹 제기는 설운으로 하여금 사부에 대한 일을 새롭게 보게 하는 새로운 시각을 제시해 주었다.

"세가에 전해 하후영에 대한 조사를 시작했습니다. 천하를 살살이 뒤져서라도 그에 관한 일이면 하나도 놓치지 말고 다 모으라고 명해두었습니다."

제갈문은 생각이 확고한 듯했다.

"제 소견으로는 하후영에 대한 모든 인식을 재고할 필요가 있다고 여겨집니다. 분명 우리가 모르고 놓친 부분이 있을 겁니다. 그게 무엇인지 반드시 찾아야 합니다."

하후영에 관한 것들을 새롭게 파악해 볼 필요가 있다고 확신하는 듯 보였다.

"천하를 위해, 그리고."

제갈문이 설운을 바라보았다.

"호법을 위해."

바라보는 시선 속에 담긴 의미는 강한 믿음과 애정이었다.

제11장

마신(魔神)

　신검은, 아니, 내 오랜 벗 하후영은 마신의 후예, 마신궁의
궁주…….

　　　　　*　　　　*　　　　*

　며칠이 지났다.
　제갈문은 도처에서 인편(人便)으로, 혹은 전통(傳筒)으로
하후영에 대한 정보를 받았다.
　혹시나 하후영에 대한 조사를 한다는 것이 밖으로 새어 나
갈까 봐 주의에 주의를 기울였다.

생각보다 정보는 적었다.

곳곳에서 올라오는 양은 많았지만 거의가 비슷비슷한 내용들이었다.

제갈문은 개인적으로 믿을 수 있는 사람들에게 따로 연락을 취했다.

각 문파 내에 전해지는 어떤 사소한 얘기일지라도 하후영과 관련된 것이라면 무엇이든 알려달라고 부탁을 넣었다.

그렇게 지난 시간이 한 달.

더 이상 새롭게 전해오는 소식이 없을 무렵 제갈문이 설운과 고견에게 그동안 취합한 정보를 바탕으로 한 자신의 생각을 얘기했다.

"하후영은 검인문(劍仁門)이란 조그만 소문파의 제자 출신입니다. 어릴 적부터 타고난 오성과 자질이 좋아 문파 내에서 기대가 큰 제자였습니다. 하지만 강호에까지 널리 알려진 유망한 후기지수는 아니었습니다."

제갈문이 하후영에 대한 설명을 시작했다.

"그가 강호에 처음 등장한 것은 당시 천하제일세 정도맹에서 주관한 용봉회에 참가하면서부터입니다."

오백 년 전, 당시 천하는 정을 대표하는 정도맹과 사를 대표하는 사도맹으로 세가 양분되어 있었다.

정사의 구분은 예나 지금이나 비슷했지만, 두 집단의 세는 확연한 차이를 보이고 있었다.

말이 좋아 정도맹과 사도맹이었지 천하 고수의 절대 다수가 정도맹에 속해 있었다.

정파무림의 흥성기이자 절정기가 바로 그때였었다.

"용봉회란 당시 정도맹이 사 년에 한 번씩 개최했던 대규모 행사였습니다. 약관 이하의 문파 제자들을 초청해 서로 교류를 하면서 친분도 쌓는 일종의 사교 모임이었습니다."

용봉회는 당대 무림의 꽃과 같은 행사였다.

스물이 채 되지 않은 풋풋한 젊은 무사들이 가슴에 꿈과 야망을 품고 강호에 첫선을 보이는, 그야말로 젊음과 꿈의 축제였다.

용봉회의 문호는 정파 젊은이라면 누구에게나 열려 있었다.

의향만 있다면 대소문파를 가리지 않고 누구나 용봉회에 문파 제자를 보낼 수 있었던 열린 행사였다.

"당시 하후영이 참가했던 용봉회는 훗날 전설처럼 여겨지는 많은 무인을 배출한 것으로 유명합니다. 일단 후에 고금제일인이라 불리게 될 신검 하후영이 있었고, 그 외에도 전마 등조, 홍요 예가음, 귀섬 상관일과 같은 시대를 넘어서는 절대강자 다수가 참여했었습니다. 시대를 나누었다면 능히 한 시대의 절대자가 될 수 있었던 고수들이 한꺼번에 몰렸던 시기였습니다."

설운의 귀에 낯익은 이름들이 들려왔다.

등조, 예가음, 상관일.

"그들이 그렇게 유명한 사람들이었습니까?"

설운이 제갈문에게 물었다.

자신은 전마비록을 통해 익숙한 이름들이었지만, 전마비록을 접하기 전까지는 들어보지 못했던 낯선 이름들이었다.

당금 천하는 그들의 존재를 모르리라 생각했었는데……

"지금에 와서는 빛이 바래긴 했지만, 무림사에 관심이 깊은 자들에겐 아직도 회자되고 있는 유명인들입니다. 그들 모두가 강호에서 활동했던 시간이 짧아서 그렇지, 만약 그들이 정상적인 강호 생활을 했었다면 아마 달마 대사나 장삼봉 진인에 부족하지 않을 만큼 큰 위명을 얻었을 겁니다."

설운이 고개를 끄덕였다.

그랬을 것이다.

이름은 바랬어도 그들이 남긴 유무형의 유산은 여태껏 이어지지 않았던가?

"혹시 들어보셨습니까?"

어딘가 아는 듯한 눈빛에 제갈문이 질문을 던졌다.

"모를 수가 없지요. 마각, 요당, 귀전이 바로 그들의 후예입니다."

"아!"

설운의 대답에 제갈문이 탄성을 내뱉었다.

"월천망아가 전마 등조의 마지막 작품이었습니다. 본래 사부를 상대하기 위한 비장의 무기였었습니다만 효과는 없었지요."

"그랬단 말이지?"

고견이 제갈문과 함께 놀람을 표시했다.

"참으로 질긴 인연이구먼."

오백 년을 이어온 질긴 인연, 어쩌면 악연일지도 몰랐다.

제갈문의 말이 계속되었다.

"당시 용봉회에서 외부로 알려지지 않은 어떤 일이 있었던 모양입니다. 자료가 부족해 확인할 수는 없었지만, 어쨌든 그 일로 인해 하후영과 등조, 상관일, 예가음은 상당한 친분을 나누게 되었습니다. 그리고 그때부터 하후영의 이름이 부각되기 시작했습니다. 조그만 소문파 출신의 이름 없던 제자가 강호에 널리 알려진 유망한 후기지수들의 앞에 서는 일이 생긴 거지요. 당시 기록에 하후영의 이름이 제법 많이 남아 있는 것을 보면 꽤나 인상적이었던 모양입니다."

들어갈 땐 별 볼 일 없었던 하후영은 이후 용봉회의 중심인물로 떠오르게 되었다.

그것에 큰 기여를 했던 인물이 예가음이었다.

"원래 예가음은 등조와 친밀한 관계였습니다. 전해지기론 혼인할 사이였다고도 하더군요. 물론 둘이 결국 맺어지지는 못했습니다만. 어쨌든 하후영과 예가음은 상당히 깊은 관계에까지 이르렀을 것으로 추측됩니다. 이후의 기록들을 보아도 하후영과 예가음이 보통 이상의 관계를 보이는 부분이 자주 보이거든요."

"그럼 하후영의 연인이 예가음이었다는 말인가? 나는 그가 혼인했었다는 말은 들어보지 못해서 말이야."

"그건 아닙니다. 기록상에 그들 중 누구도 혼인을 했다는 말은 없었습니다."

"사부는 혼인을 했었습니다. 다만 부인이 예가음은 아니었습니다."

설운이 빠진 부분에 대한 보충을 했다.

"그는 다문숙현이란 분과 혼인을 했고, 그 부인이 당금 천룡문의 창시자입니다."

"허어."

고견이 다시 한 번 감탄사를 터뜨렸다.

마각과 귀전, 요당에 천룡문까지.

당금 천하의 배후를 감싸고 있는 모든 세력이 하후영과 이어져 있었다.

무림을 좌지우지할 수 있는 강자들 모두가 오백 년 전 하후영을 비롯한 몇몇 인물의 유산인 것이었다.

들을수록 놀라운 얘기들이었다.

"계속하겠습니다."

제갈문이 말을 이어갔다.

"용봉회가 끝나고 그들은 모두 자신들의 문파로 돌아갑니다. 그리고 이후 기록상 딱히 남아 있는 부분이 없어 중간에 공백이 생겼습니다."

용봉회는 정도맹의 큰 행사라 이런저런 기록이 남아 있었지만 그들 모두에 대한 자세한 기록이 다 남아 있는 것은 아니었다.

"하후영이 본격적으로 강호에서 위명을 얻게 된 것은 정마대전에서부터였습니다."

"정마대전이라……."

정마대전.

소속과 연배를 떠나 강호에 발을 디딘 자라면 누구나 귀에 못이 박이게 들어본 사건 또한 바로 그것이었다.

마화교(魔火敎)라 불렸던 무림 최강의 마인들과 장장 이십여 년을 이어간 혈투.

정마를 합쳐 죽은 인원만 수십만에 이르렀고, 역사상 최고의 절정기를 누리던 정도맹이 그 뿌리가 통째로 흔들렸을 만큼 거대한 사건이었다.

고금을 통틀어 무림 역사상 가장 큰 사건이 바로 정마대전이었다.

"정마대전에서 거의 일방적으로 밀리던 정파가 끝내 기사회생하고, 마침내 승리를 이끌어낼 수 있었던 가장 큰 요인이 하후영이었습니다. 뭐, 다들 잘 아시겠지만 말입니다."

신검.

하후영은 그 한마디로 대변되는 존재였다.

지난(至難)했던 이십여 년의 혈겁을 오롯이 혼자 힘으로 종식시킨 영원한 절대자.

패배를 몰랐던 마화교 마인들이 그의 검 아래 저항 한 번 제대로 해보지 못하고 추풍낙엽처럼 쓰러져 갔다.

언제든, 어디서든, 하후영이 나타난 곳은 곧 정파가 승리하는 곳이 되었다.

백팔마령이 죽고, 십대 마화가 먼지로 사라지고, 마침내 마화교주마저 그의 발밑에서 저승 고혼이 되었을 때, 천하는 난세를 종식시킨 젊은 영웅에게 경배와 찬양을 올렸다.

영세고금제일인.

그가 바로 하후영이었다.

"하후영이 처음부터 정마대전에서 두각을 드러낸 것은 아니었습니다. 뛰어난 고수였습니다만 훗날 보이는 절대 무적의 고수는 아니었다는 말씀입니다. 그래서 추측건대 하후영이 그 무공을 익힌 시점이 이즘이 아니었을까 생각합니다. 아니라면, 이미 알고는 있었지만 오의(奧義)를 깨닫게 된 게 그때였을 수도 있겠습니다. 알려진 바대로 정마대전이 끝난 후 하후영은 무림에서 종적을 감춥니다. 다시없을 전설 하나를 남기고 바람처럼 사라져 버린 게지요."

하후영은 사라졌다.

모든 것을 누릴 수 있었던 지위와 명성을 다 버리고 홀연 무림에서 종적을 감추었다.

왜?

그것은 지금도 풀리지 않는 의문이었다.

전해지기로 혹자는 그가 우화등선하여 신선이 되었다고도 했고, 혹자는 그가 행했던 살생의 업을 씻기 위해 절에 들어가 평생을 면벽하며 살았다고도 했다.

그러나 모두가 설(說)일 뿐, 확실한 얘기는 전해지지 않았다.

"여기서 주목해야 할 점은 두 가지입니다. 첫째는 그가 어느 순간 홀로 마화교를 상대할 수 있을 만큼 갑작스런 무공 증진을 이루었다는 것, 둘째는 마흔을 조금 넘긴 젊은 나이에 무림에서 사라졌다는 점입니다."

"무공 증진은 파령기와 관련지으면 될 것 같고."

"그쪽이 타당성이 있어 보입니다."

"사라진 이유는……."

고견이 추측을 하다 설운을 보았다.

"제자를 얻기 위해서가 아닐까? 설 호법의 말을 빌리자면 그를 죽일 수 있는 재목을 찾기 위해서 말이야."

"너무 이르지 않겠습니까? 마흔을 갓 넘긴 나이입니다. 죽음을 생각하기보다는 다른 가능성을 물색하는 것이 맞다고 봅니다."

"그럼 자네 생각은 지금 설 호법처럼 다른 가능성을 찾아

나섰다?"

"우리가 알고 있던 진실이 사실이라면 그럴 수도 있겠지요."

"거짓이라면?"

"인식의 맹점이 생기게 됩니다."

"무슨 뜻인가?"

"쉽게 말씀드려서 과연 사라지기 이전의 하후영과 지금 우리가 알고 있는 하후영이 같은 인물이 맞는가라는 의문이 생길 수 있다는 뜻입니다."

"같은 인물이 아니다?"

"어디까지나 하나의 가정입니다."

제갈문은 여러 가능성을 다 열어두고 있었다.

다만 오백 년 전의 하후영이 지금의 하후영이 아닐 것이란 가능성은 절대 버리지 않았다.

그의 추측 밑바닥에 깔린 전제가 인간이 오백 년이라는 긴 시간을 살 수는 없다는 것이었기에, 그걸 바탕에 두고서 숨겨진 진실을 찾고 있는 중이었다.

"그가 오백 년을 살았을 수도 있고, 지금의 하후영이 예전의 신검이 아닐 수도 있습니다. 어느 쪽이 맞는지는 아직 확실히 알 수 없는 게 사실입니다. 하지만 제 입장으로는 전자의 가능성은 희박하다고 봅니다. 그래서 제 결론은 사라진 하후영의 이후 행적, 그걸 빨리 찾아야 한다는 것입니다."

"막막하구먼."

무려 오백 전의 일이었다.

누군가 그의 생애를 꼼꼼히 기록으로 남기기라도 했으면 모르되, 그렇지 않은 다음에야 그의 삶을 추적한다는 것은 명백한 한계가 있는 일이었다.

"그래서 접근 방법에 변화를 주어봤습니다."

"어떻게 말인가?"

"초점을 하후영에 맞추는 것은 아무래도 한계가 있어서 다른 쪽에 대한 확인 작업도 함께했습니다."

"다른 쪽이라면?"

"마신궁입니다."

"마신궁?"

"그렇습니다."

제갈문이 설운을 보았다.

"설 호법께서 일러주신 것도 있고, 무엇보다 마신의 후예라는 말이 자꾸 걸려서 말입니다."

─그것은 형벌.

원하지 않았던 지난 저주로 그는 천하에서 가장 높은 자이면서도 지옥의 불구덩이 속에 떨어져 버렸다.

아아, 그를 보는 내 심정을 어찌 말로 표현할 수 있을까?

원하지 않았지만, 결국 정해진 길을 가야만 하는 그의 모습을 어찌 가련하지 않다 말할 수 있겠는가?

그는 마신의 저주를 입었다.

불멸불사.

스스로 죽을 수 없고, 누구도 죽일 수 없는 마신의 저주.

신검은, 아니, 내 오랜 벗 하후영은 마신의 후예, 마신궁의
궁주…….

"알아내신 게 있습니까?"

설운이 기대에 찬 눈빛으로 제갈문을 응시했다.

그가 아는 것은 자신이 마신궁의 혈령으로 생활할 때의 일
이 다였다.

나머지는 전마비록에서 읽은 것뿐, 그땐 오직 명령에만 복
종하며 살았기에 따로 궁에 대해, 사부에 대해 의문을 가져
본 적이 없었다.

"마신궁에 대해선 알려진 것이 전혀 없었습니다."

제갈문의 말에 설운의 맥이 풀렸다.

'혹시나 했는데…….'

설운의 얼굴에 실망감이 번져나갔다.

"하지만 마신에 대해서는 작지만 소득이 있었습니다."

"소득이 있었다?"

"그게 무엇입니까?"

실망하던 설운이 반사적으로 고개를 세우고는 질문을 했다.

옆에 있던 고견 또한 호기심으로 눈빛을 빛냈다.

마신.

이름이 주는 위압감부터 상당했다.

"무엇인가?"

궁금하지 않을 수 없었다.

'   *   *   *

"어서 오십시오."

책을 읽던 다문륜이 자리에서 일어나 한쪽으로 비켜섰다.

이제껏 한 번도 보지 못한 공손한 모습이었다.

나타난 이는 하후영이었다.

"책을 읽고 있었느냐?"

다문륜의 자리에 대신 앉은 하후영이 그의 손에 들린 책을
보았다.

"사기(史記)라. 역사에 관심이 있는 줄은 몰랐구나."

하후영이 의외란 듯 쳐다보았다.

"그저 심심파적으로 읽는 겁니다."

다문륜이 들고 있던 책을 책장에 꽂아두고는 하후영 맞은
편에 자리를 했다.

말이나 행동 하나하나가 조심스러웠다.

"오랜만에 뵙는 것 같습니다."

"그랬더냐?"

하후영이 심드렁하게 답을 했다.

그의 시간과 다문륜의 시간이 다른 탓이었다.

"그 아이가 다녀갔다고?"

"며칠 되었습니다."

"어떻더냐?"

"궁금한 게 많은 듯했습니다."

"그럴 테지."

대충 짐작은 갔다.

설운이 무엇을 묻고, 무엇을 궁금해했을지.

"무엇을 묻더냐?"

"소요상운경에 대해 물었습니다."

"소요상운경?"

하후영도 처음 듣는 말이었다.

"제갈무후가 무의 극을 그리 표현했답니다."

"아……."

하후영이 피식 웃었다.

다문륜의 한마디에 그것이 무엇을 의미하는지 단번에 알아챈 것이었다.

"그것을 그렇게 표현한 모양이군."

"아시는 내용입니까?"

하후영이 고개를 저었다.

"너완 상관없는 얘기다."

더 말할 의미가 없다는 뜻이었다.

"그리고?"

"파령기를 얻은 모양입니다."

다문륜이 공손히 아는 바를 전했다.

"그럴 테지."

이미 안다는 듯 하후영은 담담하게 별 반응을 보이지 않았다.

모든 게 계획대로 진행되고 있었다.

좋은 일이었다.

"때가 된 것입니까?"

다문륜이 하후영의 눈치를 살피며 조심스레 물었다.

"아니다. 아직은 멀었다."

"제가 듣기론 온전한 기운을 얻었다고 합니다."

"아니야. 아직은 멀었어."

하후영의 눈빛이 차게 빛났다.

"하지만 곧 때가 되겠지."

어딘가 의미심장한 눈빛이었다.

"벗어나시는 것입니까?"

벗어난다는 것은 곧 죽는다는 것을 의미했다.

저주.

하후영을 아는 이들은 모두 그렇게 표현했다.

죽지도, 죽을 수도 없는 마신의 저주.

하후영은 죽기를 원했다.

저주에서 벗어나고자 했다.

그 방법은 오직 파령기를 익힌 자의 무공뿐.

이제 설운이 파령기를 온전히 익혔으니 하후영은 그가 원하던 죽음을 맞이할 수 있을 터였다.

"그래, 벗어나는 게지."

하후영이 미소를 지었다.

원하던 것을 얻은 자의 미소.

그러나 어딘가 섬뜩한 미소였다.

"륜아."

"예, 사부님."

"네가 나와 함께한 지가 얼마나 되었지?"

"육십 년 정도 됩니다."

"그랬군."

다문륜이 열을 갓 넘겼을 때 처음 하후영을 만났다.

차이가 크진 않지만, 그래도 지금보다 조금 더 젊었던 하후영은 당시 어렸던 다문륜에겐 상당히 무서운 어른으로 기억에 남아 있었다.

"아쉬운 건 없었더냐?"

"없었습니다."

다문륜의 대답은 빨랐다.

"그러면 됐고."

하후영이 만족하며 고개를 끄덕였다.

있다고 해도 상관없을 얘기였지만 그래도 없다는 게 더 듣기엔 좋았다.

이왕이면 앙금 없이 일이 마무리되는 편이 나으니 말이다.

육십 년은 짧은 시간이 아니었으니, 아무리 감정 없는 하후영이라도 그 정도 신경을 쓰는 것은 당연했다.

"제자가 한 가지 여쭙겠습니다."

다문륜이 자세를 바로 하고 심각한 어조로 입을 열었다.

"말해보아라."

"이유는 알고 싶습니다."

"눈치챘더냐?"

감정 없는 눈동자가 다문륜을 향했다.

그가 다문륜을 찾은 이유를 안 모양이었다.

"육십 년이란 세월이 짧지는 않습니다."

사소한 말이나 행동에서 엿볼 수 있었다는 말이었다.

"나를 잘 알잖느냐?"

말해줄 수 없다는 뜻.

"이미 살 만큼 산 목숨이라 미련은 없습니다. 다만 사부께서 그리하고자 하시는 이유 정도는 들을 자격이 있다고 생각합니다."

다문륜은 뜻을 굽히지 않았다.

하후영을 보자마자 그에게서 평소와는 다른 기운을 느꼈다.

그것의 정체는 명백했다.

살의.

그는 하후영이 자신을 죽이러 왔다는 것을 알아챈 것이었다.

그의 투명한 눈빛에서 그것을 확신할 수 있었다.

죽는 것은 두렵지 않았다.

특별한 미련이 남은 인생도 아니었다.

하지만 이유는 궁금했다.

사부가 자신을 죽이려는 이유.

자신이 죽어야만 하는 이유.

왜?

무엇을 잘못했기에?

육십 년이란 긴 시간을 그의 뜻을 따라 성심껏 모셔왔는데 왜 이제 와서?

그러나 다문륜은 끝내 이유를 듣지 못했다.

알아낼 방법도 없었다.

하후영의 손이 그의 가슴뼈를 가르고 심장을 터뜨릴 때까지도 그는 몰랐다.

왜 그가 죽어야 하는지.

왜 그게 지금이어야 했는지 말이다.

알 수 있는 것은 한 가지, 그가 곧 죽는 사실뿐이었다.

"이유라 했더냐?"

가슴이 갈라진 채 바닥에 쓰러져 있는 다문륜을 보며 하후영이 조용히 혼잣말을 했다.

"알려주마."

하후영이 무릎을 굽혀 다문륜의 옆에 앉았다.

"넌 나에 대해 너무 많은 것을 알고 있었다."

하후영이 속삭이듯 말을 했다.

마치 죽은 다문륜이 살아 있기라도 한 것처럼 그의 귀에 대고 작게 속삭였다.

"오랫동안 기다려 왔던 때이니라. 실수가 있어서는 안 되는 중요한 때이지. 그래서 네가 죽는 것이다. 생각 없이 떠드는 한마디에 모든 게 틀어질 수도 있거든. 네가 그동안 잘해 왔지만 난 이 일을 망치고 싶지 않구나. 그게 네가 죽는 이유니라. 내가 너를 아낀다마는 너를 죽여야만 하는 이유."

하후영이 다문륜의 시신을 내려 보았다.

감정 없는 눈동자가 유리알처럼 반짝거렸다.

타탁.

하후영이 죽은 다문륜의 뺨을 두어 번 툭툭 치고는 다시 일어섰다.

손에 묻었던 피는 기화하여 사라진 지 오래였다.

표정 없는 덤덤한 얼굴이 마치 아무 일도 없었던 사람처럼 보였다.

"이제 하나 남았나?"

하후영이 웃었다.

모든 게 착착 잘 진행되고 있었다.

오랜 시간 공들인 결과가 눈에 보이고 있었다.

이제 몇 달 후면 원하던 것을 얻을 수 있을 것이다.

그토록 바라던 것을 말이다.

"때가 얼마 남지 않았구나."

하후영의 미소가 짙어졌다.

입꼬리는 올라가나 눈은 웃지 않는 그 특유의 섬뜩한 미소였다.

『천예무황』 7권에 계속…

초대형 24시 만화방

신간 100%, 샤워실, 흡연실, 수면실(침대석), 커플석, 세탁기 완비

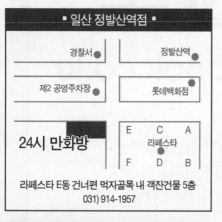

■ 일산 정발산역점 ■

경찰서 ● / 정발산역 ●
제2 공영주차장 ● / 롯데백화점
24시 만화방
E C A
라페스타
F D B

라페스타 E동 건너편 먹자골목 내 객잔건물 5층
031) 914-1957

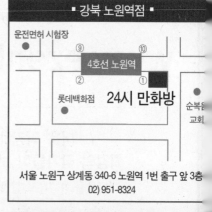

■ 강북 노원역점 ■

운전면허 시험장 ●
⑨ ⑩
4호선 노원역
② ①
롯데백화점 24시 만화방
순복음
교회

서울 노원구 상계동 340-6 노원역 1번 출구 앞 3층
02) 951-8324

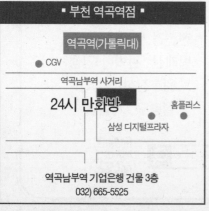

■ 부천 역곡역점 ■

역곡역(가톨릭대)
● CGV
역곡남부역 사거리
24시 만화방
삼성 디지털프라자 홈플러스 ●

역곡남부역 기업은행 건물 3층
032) 665-5525

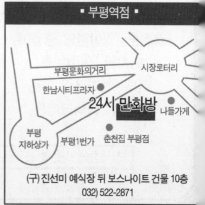

■ 부평역점 ■

부평문화의거리 시장로터리
한남시티프라자 ●
24시 만화방
나들가게
부평
지하상가 부평1번가 춘천집 부평점

(구) 진선미 예식장 뒤 보스나이트 건물 10층
032) 522-2871

월야환담

채월야 · 홍정훈 장편 소설

"미친 달의 세계에 온 것을 환영한다!"

서울을 중심으로 펼쳐지는 뱀파이어, 그리고 뱀파이어 사냥꾼들의 이야기!
한국형 판타지의 신화, 월야환담 시리즈 애장판
그 첫 번째 채월야!

Book Publishing CHUNGEORAM

가프 장편 소설

관상왕의
1번룸

FUSION FANTASTIC STORY

거대한 도시의 그늘에서 벌어지는
짜릿하고 통쾌한 이야기!

『관상왕의 1번룸』

텐프로의 진상 처리 담당, 홍 부장.
절망적인 삶의 끝에서 만난 남국의 바다는
그를 새로운 인생으로 인도하는데……

쾌락을 원하는 거부, 성공에 목마른 사업가.
그리고 실패로 절망한 사람들이여.

여기, 관상왕의 1번룸으로 오라!

Book Publishing CHUNGEORAM

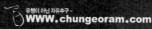

현대 소환술사

THE MODERN SUMMONER

FUSION FANTASTIC STORY

현윤 퓨전 판타지 소설

하늘이 무너져도 솟아날 구멍은 있다!

드래곤의 실험으로 모진 고난을 겪어야 했던 레비로스!
우여곡절 끝에 소환술사가 되어 최강의 자리에 오르지만
운명은 그를 나락으로 떨어뜨린다.

『현대 소환술사』

다시 한 번 주어진 삶!
그러나 그마저도 암울하기 그지없는데⋯⋯.

소환술사 레비로스의
인생 역전이 시작된다!

Book Publishing CHUNGEORAM

유행이 아닌 자유추구 -
www.chungeoram.com